Rachel Bassan

BELA DE ODESSA

Saga de uma família judia na Revolução Russa

Editora dos Editores

São Paulo, 2019

Produção editorial: Equipe Editora dos Editores

Revisão: Equipe Editora dos Editores

Diagramação: Equipe Editora dos Editores

Capa: Equipe Editora dos Editores

© 2019 Editora dos Editores

Todos os direitos reservados. Nenhuma parte deste livro poderá ser reproduzida, sejam quais forem os meios empregados, sem a permissão, por escrito, da editora. Aos infratores aplicam-se as sanções previstas nos artigos 102, 104, 106 e 107 da Lei nº 9.610, de 19 de fevereiro de 1998.

ISBN: 978-85-85162-30-6

Editora dos Editores
São Paulo: Rua Marquês de Itu, 408 - sala 104 – Centro.
(11) 2538-3117
Rio de Janeiro: Rua Visconde de Pirajá, 547 - sala 1121 – Ipanema.
www.editoradoseditores.com.br

Impresso no Brasil
Printed in Brazil
1ª impressão – 2019

```
              Dados Internacionais de Catalogação na Publicação (CIP)
                        Angélica Ilacqua CRB-8/7057

Bassan, Raquel
   Bela de Odessa : saga de uma família judia na revolução russa / Raquel Bassan.
-- São Paulo : Editora dos Editores, 2019.
   330 p.

ISBN 978-85-85162-30-6

1. Ficção brasileira 2. Revolução russa - Ficção I. Título

          19-1634                              CDD B869.3
```

Índices para catálogo sistemático:
1. Ficção brasileira

*Para Roberto, meu parceiro na
realização de tantos sonhos.*

Para meus netos amados,
Julia, Rafael, Felipe e Maria Eduarda,
herdeiros da minha história e dos meus sonhos.

Não faças de ti
Um sonho a realizar.
Vai.
Sem caminho marcado.
Tu és o de todos os caminhos.
Sê apenas uma presença.
Invisível presença silenciosa.
Todas as coisas esperam a luz,
Sem dizerem que a esperam,
Sem saberem que existe.
Todas as coisas esperarão por ti,
Sem te falarem.
Sem lhes falarem.
Cecília Meireles

Prólogo

Maio de 1882

O Shtetl de Brodchi, vilarejo onde Faigue Makarevich morava, perto de Berdichev, foi tomado de euforia e agitação com a notícia de que o novo czar, Alexandre III, faria uma visita à região. Durante muito tempo não se falou em outra coisa.

O pai, Alexandre II, "O Libertador", tinha sido um governante corajoso e dedicado ao cargo. Responsável pelo decreto que pôs fim à servidão na Rússia, libertando milhões de camponeses, contrariou muitos interesses e acabou assassinado dias antes de apresentar sua grande reforma para o Estado Russo. A esperança era de que o filho levasse a cabo as medidas do pai. O Império enfim caminhava para a monarquia constitucional.

Os pais de Iacov Sadowik tinham bons presságios quanto ao novo czar. Pensavam: "O fruto não cai longe do pé". Com a mudança de vida que se anunciava, sonhavam casar Iacov com Faigue. Eles formariam uma família, teriam futuro. A vida iria melhorar, sim.

Chegado o grande dia, a cidade acordou muito cedo. Recendia a pães e bolos ainda fumegantes, ao lado de bules e mais bules de chá, dispostos em mesas com toalhas bordadas e o samovar no centro — o único dote de Faigue, adquirido com as economias de alguns anos —, em frente às casas de um só cômodo. O povo tirou as melhores roupas dos baús. Não poupou esforços para impressionar o novo governante. As mulheres, orgulhosas de suas prendas, colocaram lenços na cabeça e beliscaram as bochechas para ficarem coradas — o que nem teria sido necessário, tal a agitação que as dominou.

O tempo foi passando... e nada de o cortejo imperial chegar. Os velhos caminhavam de um lado para o outro, impacientes. Os jovens músicos da banda, inquietos. Os pães e bolos esfriaram. E também a água do chá. Já era quase noite quando as mesas tremeram com a vibração dos cascos dos cavalos, que batiam forte nas pedras da rua. Os velhos beatos, num susto, se ajoelharam encostando a testa no chão. Os demais se perfilaram ao longo do caminho, cabeças baixas em sinal de respeito. Os meninos da banda começaram logo a tocar.

Faigue espichou um olho para a curva de onde eles surgiriam, prestando atenção à caravana que, afinal, se aproximava. Queria ver os olhos do czar e da czarina. Faigue dizia que por eles a gente pode conhecer uma pessoa. Os batedores se aproximaram, galopando enormes cavalos de pelo brilhoso e porte real, seguidos pela carruagem. Que não parou, passou direto. A cortina da cabine sequer foi aberta. Não houve nada para se ver. Nem olhos, nem rostos, nem czar nem czarina. Ninguém. Ouviu-se ao longe uma voz gritando: "Vida longa ao czar, pai de seu povo". Não houve eco. O espanto tomou conta do espaço. Os meninos da orquestra recolheram seus instrumentos e saíram, em silêncio, desapontados e famintos. As mulheres distribuíram os bolos e pães já murchos, cobertos com a poeira levantada pela carruagem. As ruas ficaram vazias em questão de minutos.

Poucos dias depois, foram divulgadas as chamadas "Leis de Maio" promulgadas pelo novo czar. A partir de então os judeus estavam proibidos de se estabelecer fora dos espaços determinados; proibidos de possuir terras; de alugar ou comprar casas; de gerir negócios; de lecionar em universidades e nelas estudar, salvo nas poucas vagas das cotas destinadas a alunos judeus; proibidos de realizar transações aos domingos, de ter cargos públicos, proibidos, proibidos... Proibidos!

Na praça as pessoas comentavam a gravidade da medida. As crianças pararam de correr, e até parecia que entendiam o que estava acontecendo. O professor Wald olhou para o vazio, atônito. Tantos anos dedicados a seus alunos, como faria para sobreviver? Schloime Aretz, que trabalhava na prefeitura, sentou-se no meio-fio, cobrindo o rosto com as mãos. O silêncio era insuportável. Até que se ouviu um grito, saído das entranhas, sofrido. Só Yankel, avô de Faigue, chorou. Freida o pegou pelo braço e o levou para casa.

— Vamos, papai, vamos. É *Shabes*, vamos nos preparar.

Faigue e Iacov foram atrás, angustiados.

Muitos começaram a deixar a Rússia rumo a todos os cantos do Ocidente, mas isso demandava muito dinheiro. Para as famílias de Faigue e Iacov, a única saída possível era Odessa, a nova terra das oportunidades, por sorte uma área permitida aos judeus. E tinha que ser logo, antes que outras proibições surgissem.

Mas eles não eram os únicos que tinham pressa.

A noitinha já se anunciava com uma lua cheia no céu. Faigue ajudou a mãe a pôr a mesa do *Shabat*. A toalha branca, os castiçais com as velas, o cálice para o vinho, o pão trançado — a *chalá*. Shabat era sempre especial. Um dia em que se parava toda a rotina para reflexão e oração. Essa não seria apenas mais uma sexta-feira compartilhada com os vizinhos — a família de Iacov — mas um *Shabat* de muita esperança e fé. Uma decisão importante deveria ser tomada.

Freida, mãe de Faigue, com a cabeça coberta com uma mantilha de renda, acendeu as velas, fechou os olhos e rezou: *"Baruch atá Adonai Eloheinu Melech Haolam Asher Kideshanu Bemitzvotanu Vetzivanu Lehadlik ner Shel Shabat*. Bendito sejas tu, ó Eterno nosso D-us, Rei do Universo, que nos santificaste com teus mandamentos e nos ordenaste acender as velas do *Shabat*." — Amém! — Todos responderam em uníssono.

Era a vez de *zeide* Yankel, que se levantou para fazer a reza do vinho. Ergueu o cálice. Todos o acompanharam.

— Bendito sejas Tu, Eterno, nosso D´- ... — Yankel engoliu em seco com o susto que levou. Do nada, um estrondo na entrada. A porta foi inteira ao chão. Todos se entreolharam assustados. E, pasmos, se aterrorizaram com o que viram! Uma invasão de gente estranha, armada e agressiva.

— E nós não fomos convidados para esta festa? — gritou um grandalhão com a voz empastada, andando em zigue-zague, sem dúvida embriagado, à frente de um pelotão de vândalos armados de porretes e *knuts*, derrubando, arrebentando, batendo, destruindo tudo que viam.

Zeide Yankel tentou argumentar, e o que recebeu foi um golpe na cabeça. E outro mais. E mais outro. Caiu, sangrando. Faigue fez um movimento de querer acudir o avô, mas o bandido avançou.

— Mocinha bonitinha — debochou o homem, passando a mão no peito de Faigue, que se desvencilhou. — O que é, não gosta não?

Iacov aproveitou um instante de distração do bandido e puxou Faigue para o seu lado.

— Velho imbecil! Cambada de *zhidove* miseráveis — judeuzada nojenta — se exaltou o agressor, chutando Yankel no chão e ameaçando atacá-lo com o *knut*. O olhar de Yankel era de pavor — ele já tinha sido açoitado com um *knut* no campo. A dor da vergastada de correia tripla, com bolas de chumbo nas pontas, era devastadora.

— Alguém mais vai querer conversar? — desafiou o grandalhão, enquanto atacava com o *knut*, descontrolado, quebrando com raiva a louça na mesa e tudo o mais que via pela frente. Pegou a garrafa de vinho. Cheirou. Provou. — Esse vinho parece bom. — E com uma risada teatral continuou o quebra-quebra, bebendo do gargalo acompanhado pelos comparsas. O vinho escorria pelos cantos da boca do agressor. — Essa vela... hum... vamos ver se essa chama é forte como esse povinho de vocês... — e a aproximou da cortina, que se incendiou logo para horror de todos. O grupo saiu, às gargalhadas, pisando por cima de escombros.

Ouviram-se gritos na vizinhança. Em poucos minutos o *Shtetl* de Brodchi havia sido vandalizado.

Enquanto Faigue acudia Yankel, os outros correram para buscar água e tentar ajudar Iacov, que insistia em apagar com panos o fogo que já atingia o mobiliário da casa.

Ninguém foi preso, claro. Tinham sabido que os judeus de outras cidades e vilarejos haviam sido barbarizados por *pogroms* imediatamente após o assassinato de Alexandre II. Mas eles nunca sonharam que, naquele canto insignificante do mundo, isso poderia acontecer.

A mensagem ficou muito clara. Era hora de ir embora.

Bela

1

Rio de Janeiro
Abril de 1961

"Drenamos toda a área da hemorragia... Nossa expectativa é de que dona Bela... plena recuperação... Mas precisamos aguardar 48 horas". Regina ouviu atenta o que o médico dizia.

No quarto em penumbra ela agora mantinha os olhos fixos na avó, que dormia sob efeito do anestésico. A família já havia se retirado. Só era permitido um acompanhante, e não houve questão de que a única neta era quem ficaria com Bela. Após a morte súbita do avô, havia 11 anos, a relação intensa das duas se fortalecera ainda mais.

Regina não se conformava. Bela pisara de mau jeito, tropeçando e batendo com a cabeça no meio-fio. Um segundo que mudou a sua história. Agora teriam que esperar aquelas benditas 48 horas para saber se ela sairia bem. "Tomara... Vovó é forte, já passou por tanta coisa na vida, há de vencer esse obstáculo também".

Quando Bela despertou, a neta estava ao seu lado, alerta. Acariciou o rosto da avó, deu um beijo em sua mão.

— Tudo bem? — Regina perguntou, disfarçando a angústia.

Bela não respondeu. Mostrou um sorriso triste ao passar a mão de leve pela cabeça, enrolada em maços de gaze. Regina observou o gesto e previu um interrogatório. A avó sabia que lhe haviam cortado o cabelo. Mas não se preocupava com isso. No íntimo, Bela pressentia que o caso era sério. Olhou para os galhos de uma amendoeira, que quase batiam na janela, e pensou na vida que vivera até agora.

Apesar de todas as dificuldades por que passou na Rússia e no Brasil, não tinha do que reclamar. Fora muito feliz. Mas sua história acabaria naquele quarto de hospital?

Bela lembrava bem quando chegou ao Rio de Janeiro, sozinha, fugida de Odessa. Conheceu Moisés na casa da família de Hanna, sua amiga de infância, que a acolheu. Dois anos depois saíram de lá casados. Com ele construiu uma família. E uma vida. Quando o marido, ainda jovem, sem sequer ter completado sessenta anos, sofreu um infarto e a deixou, intensificou as viagens de navio pelo mundo que, para a família, eram uma forma de driblar a solidão. Para Bela, muito mais do que isso.

Bela franziu a testa e levou, outra vez, a mão à cabeça. Regina percebeu uma inquietação na avó, que atribuiu a um mal-estar do pós-operatório. Disfarçava o próprio nervosismo descascando o esmalte das unhas quando ouviu:

— Vem cá, Regina, preciso te contar uma coisa.

Surpresa, a neta se aproximou e sentou na beira da cama. Sentiu a mão da avó agarrar a sua com força.

— Eu preciso encontrar uma pessoa. Eu preciso encontrar uma pessoa que se perdeu de mim há muito tempo.

Não houve tempo para Regina manifestar surpresa diante daquela comoção repentina. A enfermeira entrou no quarto com a medicação.

— Dona Bela, agora a senhora vai comer o seu jantarzinho, depois vai dormir para acordar amanhã novinha em folha, combinado?

Quando a enfermeira deu as costas para sair, Bela revirou os olhos e desabafou: — Além de quebrar a cabeça e ter parado no hospital, ainda tenho que aguentar isso...

Regina sorriu ao perceber que, mesmo indignada, Bela não conseguia disfarçar uma fina ironia. Essa característica que Regina apreciava tanto na avó não chegou a despreocupá-la porque a inquietude de Bela ainda era evidente. O que suspendeu o momento foi a chegada do jantar.

Já ao final da refeição, Bela mostrava-se sonolenta, e Regina ficou grata porque os remédios estavam fazendo efeito. Precisava processar os últimos acontecimentos.

Regina também foi se acomodar, mas custou a dormir. O que a avó queria tanto lhe contar?

2

Bela acordou muito cedo e bem-disposta. Regina ainda dormia. A copeira trouxe o café da manhã. Bela fez sinal de silêncio para não perturbar o sono da neta, mas nesse momento ela despertou.

— Bom dia, *meidele* — a avó saudou a neta com tratamento carinhoso. — Conseguiu dormir bem nessa cama? Parece pouco confortável.

— Sim. Como você está se sentindo? — Regina, arrumando os cabelos com os dedos, aproximou-se para beijar a avó.

— Estou bem, muito bem mesmo. — Bela respondeu e se acomodou enquanto a enfermeira ajeitava a cabeceira da cama para que ela tomasse o desjejum.

Regina, encorajada em ver a avó tão animada, decidiu tocar no assunto da noite anterior, enquanto a servia.

— Vovó, ontem você falou qualquer coisa... que precisava procurar uma pessoa... que...

— É verdade — Bela interrompeu —, mas, antes, você precisa saber umas coisas sobre a minha vida. Uma vida que ficou para trás — a avó sinalizou o passado com a mão. — Histórias que você já pode saber... você e mais ninguém.

Com uma xícara de café, Regina se acomodou na poltrona para, entre curiosa e empolgada, ouvir o relato.

• • •

Bela carregava ainda mais nos *erres* ao lembrar as histórias de sua terra natal. Nascera em Odessa no ano de 1899, em uma Rússia governada pelos czares. Odessa era uma cidade jovem, linda, um porto movimentado e alegre no Mar Negro, cheio de gente variada. Cresceu em Moldavanka, um bairro de trabalhadores com maioria de judeus. A influência judaica era tão grande que os judeus nem se preocupavam em aprender russo, só falavam ídiche. Até os russos falavam com uma entonação do ídiche.

Odessa era uma cidade poliglota. Ouvia-se alemão, búlgaro, romeno, sueco. Tinha gente de todo lado, e as ruas indicavam a origem de seus moradores: Rua dos Judeus, Rua dos Albaneses, Boulevard Francês, Boulevard Italiano, Rua dos Gregos.

Desde que saiu de Odessa em 1919, Bela nunca mais voltou. Depois que os soviéticos tomaram conta, o país se fechou. E ainda havia a lembrança do medo daqueles tempos tenebrosos.

Regina escutava Bela falar de Odessa e imaginava um outro mundo. Era tão estranho, parecia tão distante.

— Você nasceu na Rússia, veio para o Brasil. Nós já nascemos aqui. Parece que estamos sempre pulando de um lugar para o outro. E seus avós vieram de onde?

— Nossa família veio toda da Polônia, Regina. Como quase todas as famílias judias russas.

— Russos... da Polônia?

— Na verdade as terras onde meus bisavós moravam no leste da Polônia foram engolidas em 1793 pelo Império Russo e, do dia para a noite, viramos russos por decreto, mas russos entre aspas, pois sofríamos muitas restrições. Ah! — Bela riu. — E deixamos de colocar açúcar no *guefilte fish*. Isso nos fez russos legítimos, e nos cortou os laços com a Polônia.

Regina se contagiou com a risada da avó.

— Então esse é o segredo do *guefilte fish*, dona Bela? — Regina caçoou. — Você tinha que escrever as suas memórias.

• • •

Os judeus foram confinados nas terras polonesas e lituanas sob as leis russas, à margem do Império Russo, em uma espécie de gueto sem muros. Mas ai de quem ultrapassasse as fronteiras da Zona do Assentamento — uma extensa faixa de terra demarcada, uma fatia enorme do Império, desde a Polônia até a Ucrânia. A vida era muito restrita, limitada, e o antissemitismo muito acirrado. Os russos queriam as terras, mas não gostavam do povo que vinha com elas. Tiveram que aceitar os judeus de qualquer forma. No fundo, queriam mesmo é vê-los longe.

Um ano depois da anexação, Odessa foi fundada e incluída nesta Zona do Assentamento. O governo da nova cidade convidou os judeus para se mudarem, sem impor restrições. Teriam os mesmos direitos dos outros povos. Os governantes queriam o melhor do que cada um tinha a oferecer. E foi dessa forma que Odessa se tornou a terra da oportunidade para os judeus.

A família de Bela só foi mais de cem anos depois. Mas houve um grande êxodo desde o início — tanto da Zona do Assentamento quanto de outros lugares. Em pouquíssimo tempo, Odessa acabou formando uma das maiores comunidades judaicas do mundo. Talvez a maior da Europa.

A mudança para Odessa promoveu uma grande ascensão social. Em cinquenta anos, a comunidade judaica de Odessa tinha médicos, advogados, banqueiros, arquitetos, químicos, grandes mercadores, exportadores de grãos... e uma imensa população de proletários, trabalhadores ligados às indústrias, ao artesanato, aos transportes e serviços. Grande parte dos moradores do bairro operário de Moldavanka se encontrava nesta categoria — gente simples, a maioria pobre, que trabalhava de sol a sol. A família de Bela era assim.

· · ·

Já era noite quando Regina foi para casa, estupefata com as histórias da avó. Para conhecer esses bem guardados segredos, teria de esperar.

3

Shtetl de Brodchi
Junho de 1882

Os futuros pais de Bela, Faigue e Iacov, eram crianças quando deixaram o *Shtetl* de Brodchi. As famílias tinham, por fim, conseguido se organizar para viajar para Odessa e tratavam de embalar tudo o que lhes restara. Fazia pouco mais de um mês daquela noite tenebrosa em que o vilarejo fora atacado. A movimentação era grande.

Zeide Yankel, o avô de Faigue, sentado na cama, juntava os pedaços de vida em uma caixa de madeira enquanto relembrava sua história. Aprendera o ofício de alfaiate com o pai quando ainda era menino. Logo se tornou o melhor alfaiate de Brodchi. Agora, aos 48 anos, levava tesoura, agulhas e linhas e muitos sonhos para um lugar que chamavam de terra da liberdade. Odessa! Quem sabe conseguiria ver essa tal de máquina que costurava sozinha? Será que um dia poderia ter uma máquina que fizesse a costura por ele? "Ah, que *mishigás*... doideira esse mundo moderno". Estava feliz que ficariam todos juntos, mas um pouco ressabiado. Nascera naquele vilarejo, conhecia cada pessoa, cada canto. Como seria recomeçar em um lugar desconhecido? E quem lhe encomendaria roupas? Por outro lado, diziam, Odessa era o futuro. E ele queria ver esse futuro chegar também. Mas, por outro lado, quem visitaria o túmulo de Golda?

Sentia muita falta de sua Golda, a esposa que se fora muito cedo, junto com o bebê que levava no ventre. A vida não tinha sido justa com ela. Nem com ele, nem com Freida, que ficou sem a mãe. Golda queria tanto um menino, mas não sobreviveu para saber que era um menino que esperava. Ele mesmo nem fazia questão de outro filho, Freida lhe bastava. Mas ela queria lhe dar um varão. Yankel acabou ficando só. E sozinho criou a filha.

Freida tinha três anos quando isso aconteceu. Enterraram mãe e filho lado a lado. Freida ainda se lembrava da explicação do pai: o tronco de árvore de pedra em cima do túmulo do bebê, com os galhos cortados bem curtos, era para que todos vissem que uma vida havia sido ceifada antes que pudesse dar frutos. No túmulo de Golda, havia só uma flor. Yankel podia sentir o cheiro daquela flor de pedra. Fizera um banquinho ao lado dos túmulos. Ele tinha o hábito de visitá-los com frequência. Conversava com a esposa, colocava-a a par dos negócios. "Adivinhe só, *Goldele*, quem me encomendou um paletó hoje". E ficava esperando a resposta. De fato, ele ouvia a resposta, e interagia com sua Golda... do seu jeito. Contava como estava o desenvolvimento de Freida. "Que pérola é essa nossa menina, *Goldele!*"

Quando Freida se casou com Isaac, foram todos ao cemitério para compartilhar a boa notícia com a mãe. Freida concordava em ir, mesmo entendendo que a mãe já estava em outra dimensão. Jamais contrariava o pai.

Antes de deixarem Brodchi, Freida acompanhou o pai e levou também Faigue ao cemitério para que se despedissem da esposa, mãe e avó. "Como poderiam ir embora sem dizer adeus?" — Yankel explicou.

Yankel pediu desculpas a Golda por deixá-la só com o bebê, mas tinha certeza de que a mulher concordava que eles precisavam sair da cidade. Depositou pedrinhas em cima dos dois túmulos para testemunhar presença, a alma afogada em dor e saudade. Abraçou a pedra fria do túmulo e beijou-a com fervor. Freida envolveu Faigue com carinho, as duas nitidamente emocionadas. Yankel olhou para o céu, recitou o *Kadish*. Deu as costas aos túmulos. Estendeu os braços, pegou a mão de Faigue de um lado, a de Freida do outro, respirou fundo e caminharam juntos para a saída do cemitério. Que ficou para trás.

No dia da partida, ainda de madrugada, Freida e Simcha, mães de Faigue e Iacov, embalaram as comidas que haviam preparado para a longa estrada até chegar à terra dos sonhos. O pote de pepinos em conserva já estava bem selado. Pão preto. Arenque com cebolas. Beterrabas cozidas. Batatas. Tomates e repolhos. Melancia. Compotas de frutas.

— Simcha, o *guefilte fish* ficou uma delícia! — Freida gritou como se tivesse vencido uma batalha. Estava tão agitada com a mudança que ficou receosa de não conseguir um bom resultado no prato, reconhecidamente, sua especialidade. A receita era, de fato, um segredo de Estado. Houve muitas tentativas de mulheres tentando reproduzir o famoso bolinho de peixe de Freida sem sucesso, o que acabou se tornando motivo de orgulho para ela.

— E é agora que você então vai me dar a receita, não, Freida? — As duas riram.

— É a herança para a minha *Faiguele*!

— Então tomara que ela se case com o meu Iacov! — E riram outra vez.

Assim, driblando a ansiedade e o medo do desconhecido, as tarefas foram sendo encerradas e as casas esvaziadas. Era hora de partir.

Estava escuro quando as famílias Sadowik e Makarevich terminaram de conferir e arrumar as duas carroças para a viagem. As rodas estavam bem firmes, a cobertura de lona para proteger da chuva e do vento bem amarrada, o acolchoado de penas e algodão para amortecer os corpos do chacoalhar da carroça também. Sacos de feno foram pendurados para o lado de fora equilibrando o peso e em quantidade suficiente para alimentar os cavalos durante a jornada. E também galões e mais galões de água. Não sabiam se encontrariam água potável pelo caminho, que era longo. Diziam que as estradas que levavam a Odessa não eram seguras. Eram ermas, e havia muitos criminosos que atacavam para roubar as mercadorias que vinham do continente russo para Odessa. Mal o sol começou a despontar e as famílias deixaram Brodchi. Faigue se aconchegou ao avô, olhou para a mãe, que lhe sorriu amorosamente, e aí sossegou. Teve a certeza de que estavam indo para o destino certo. Agora só restava rezar e torcer para que chegassem a Odessa com segurança e o mais rápido possível.

4

Rio de Janeiro
Abril de 1961

Bela não tirava os olhos da janela. Os galhos da árvore pareciam tentar alcançá-la para uma carícia. Uma folha se desprendeu e saiu saltitando como em um balé. Bela acompanhou o voo até que ela sumiu do seu campo de visão.

— Sabe, *meidele*, em Moldavanka era bem diferente daqui. As casas, de dois ou três andares, ficavam em torno de um pátio, onde as pessoas se reuniam. Cada família tinha de se acomodar em poucos metros quadrados. Sua tia Hanna morava no meu quadrado — desenhou na palma da mão. — Nossas famílias eram amigas, muito amigas. Brincávamos juntas. Minha mãe, Faigue, cuidava da casa e de mim e de Anatólio, meu irmão, que acabou morrendo muito jovem.

Cozinhava delícias, mesmo com o pouco que tínhamos. Ainda me lembro do sabor. Foi ela quem me ensinou a fazer o *guefilte fish* de que você tanto gosta. Receita de família — disse com orgulho. — Era uma mãe muito afetuosa e dedicada. Não éramos religiosos, mas observávamos o *Shabes*. Acendíamos velas. Mamãe fazia a *chalá*, e bebíamos um dedo de vinho. Meu pai, Iacov... — A saudade bateu. — *Tate* Iacov, me deixou tão cedo... *Tate* era empregado da Mercearia

Kaplun, considerada a melhor da cidade, na Praça Privoznaia. Nela a elite de Odessa buscava azeitonas da Grécia, manteiga de Marselha, café em grão, pimenta de Caiena, sardinhas de Portugal, chás trazidos por navios holandeses. Tudo o que o mundo mandava para o porto de Odessa chegava na Mercearia Kaplun. Mas não tínhamos a remota noção do sabor dessas coisas. Embora *Tate* trabalhasse lá, esses luxos eu só experimentei muito mais tarde, na casa dos Blumenfeld.

— Blumenfeld? Quem eram os Blumenfeld?

A expressão do rosto de Bela se transformou em uma placidez de intensa doçura.

— Maya e Nathan Blumenfeld foram os responsáveis pelo rumo da minha vida. Como defini-los... os meus tutores? Não, eles foram muito mais do que isso. Melhor explicar o que eu fui para eles: a filha que nunca tiveram. Eles me deram muito amor, me cobriram de mimos, me ensinaram tudo! Eles poliram a minha educação. Me prepararam para a vida, me deram um futuro. Eram muito eruditos, divertidos e muito sociáveis. Eles me apresentaram um mundo colorido e cheio de opções. Mamãe e papai tiveram uma vida limitada pelas circunstâncias, mas permitiram que os Blumenfeld me educassem e não me negaram o direito a uma vida maior. Foram muito generosos. Eles me conheceram na Mercearia Kaplun...eu me lembro bem — deu uma pausa. O primeiro encontro com os Blumenfeld pareceu se materializar na frente de Bela.

5

Odessa
Julho de 1909

Maya Blumenfeld caminhava pela Mercearia Kaplun procurando por petiscos para servir no sarau literário daquela noite. Azeitonas gregas ela já tinha, nozes também. Talvez um queijo especial... Olhou para um lado e surpreendeu-se ao ver uma menina, de uns dez anos, sentada em um banquinho, compenetrada com um livro no colo. Ficou parada, observando-a. Decidiu aproximar-se.

— Olá! Que livro lindo! Posso me sentar perto de você?

— Claro! — Foi a resposta imediata de Bela, ou Beile, como era seu nome na Rússia. Maya se esqueceu das compras e sentou-se ao lado da pequena. Conversaram, Maya fez perguntas sobre a história. Ficou maravilhada com a percepção da menina sobre o texto. No final, discutiram se o desfecho tinha sido justo ou não. Bela demonstrava muita determinação. Maya ficou impressionada com a perspicácia e força de argumentação da menina. Nathan, quando viu a cena, enterneceu-se. Perguntou a Iacov Sadowik, o vendedor, quem era aquela garotinha. Soube então que era a filha do próprio Iacov.

Durante dias Maya não conseguiu tirar Bela do pensamento. Nathan percebeu o encanto que a criança despertara na mulher. Conheciam Iacov há tanto tempo, mas nada sabiam de sua vida pessoal – e muito menos da existência da filha tão adorável.

Sentindo outra vez a dor de não ter um filho, Nathan pensou em talvez compensar esse vazio. Conversaria com Iacov e Faigue, sua mulher; ele e Maya seriam os tutores de Bela, a quem dariam uma formação primorosa. A menina faria companhia a Maya. Seria bom para as duas. Ótimo para os três.

Numa noite, aceitando o chamado dos Blumenfeld, Iacov e Faigue foram à mansão. Maya e Nathan os receberam afetuosamente, tomaram chá, mas isso não evitou um nítido desconforto dos pais de Bela. A realidade de Moldavanka era muito diferente da riqueza da mansão.

Com extrema cautela, Nathan explicou que gostariam de participar da educação da menina. Matriculada na melhor escola de Odessa, suas aptidões seriam descobertas, seria encaminhada aos melhores professores e cursos. Teria um futuro promissor, e eles queriam ajudá-la a chegar a esse futuro mais rapidamente.

Faigue, sentada na pontinha do sofá, abraçada às pernas, cabeça inclinada, inquieta, olhava de soslaio, duvidando das nobres intenções do casal abastado. Sem pensar, e já falando alto, soltou: "Minha filha não está à venda!" Iacov na mesma hora repreendeu Faigue. Nathan fez sinal de que estava tudo bem, tranquilizando Iacov. Era uma reação compreensível para uma mãe.

Maya sentou-se ao lado de Faigue. Pegou suas mãos e olhou-a da forma mais pura possível e disse: "A filha é só sua, Faigue, ninguém vai roubá-la de vocês. Só queremos ajudar na educação. E tudo será feito de comum acordo. Tudo!" — Maya enfatizou.

Faigue ficou em silêncio por um tempo, cabeça baixa, olhar fixo nos dedos inquietos. Longos minutos para Maya, que observava cada movimento, coração acelerado.

Sem emitir um som, Faigue levantou-se num movimento brusco e assentiu com a cabeça. Foi direto para a porta, sem dizer adeus. Precisava processar a mudança que se daria em sua vida. Iacov a seguiu, constrangido, despedindo-se com um aceno.

6

Maya e Nathan Blumenfeld chegaram à Mercearia Kaplun no dia e hora combinados para buscar Bela. Faigue, agitada, aguardava do lado de fora, na rua. Por mais que Iacov tivesse lhe assegurado que os Blumenfeld eram pessoas de bem e que só queriam proporcionar benefícios à filha, a mãe só se convenceu depois de muito refletir. Teve de admitir que Iacov parecia estar certo: poderia ser bom para Bela. E consentiu que a filha passasse os dias na mansão. Era uma oportunidade única para a sua menina, não poderia privá-la dessa chance. Mas ela voltaria todo final de tarde para casa. Sem falta.

Já se aproximando dos cinquenta anos, os Blumenfeld não tinham filhos. Bela era a motivação que buscavam para compartilhar a vida na sua belíssima residência. E o encanto que sentiram, desde aquela tarde quando a conheceram, foi recíproco. Bela esperava ansiosa.

— Beile, querida, vamos então? À noitinha a levaremos de volta para casa. — Maya se despediu de Faigue e Iacov, pegou Bela pela mão.

Faigue disfarçou as lágrimas. Mas, no íntimo, sentia que era a decisão adequada.

Bela se despediu dos pais. Pulava de tanta excitação. Subiu na carruagem.

— Parece a carruagem do czar! — exclamou Bela, deslumbrada. Maya e Nathan trocaram olhares de carinho. Agora, a vida parecia sorrir para eles também.

Bela nunca tinha experimentado nada parecido. Eufórica, parecia que passeava naquela cidade pela primeira vez. Na verdade, não saía muito de Moldavanka. Ladeada pelo casal, Bela não parava quieta no banco. De pé, virava para trás, acenava para as pessoas. Os dois cavalos trotavam com graça sob o comando de Zev, fiel e antigo empregado da família. As rodas deslizavam pelas ruas de pedra, vencendo os quase três quilômetros que separavam a mercearia da mansão. Quando esta surgiu na paisagem, ao fundo do Boulevard Primorski, de frente ao Mar Negro, Nathan apontou:

— Olhe só, Beile, é ali que nós moramos, naquela casa amarela.

— Naquele palácio? Vocês moram em um palácio? — Os olhinhos de Bela se arregalaram.

— Não é um palácio, querida, é uma casa, bem grande. — Maya e Nathan comoviam-se cada vez mais com a alegria da menina.

— Você vai brincar muito aqui. Acho que você vai gostar!

Zev parou a carruagem e ajudou o casal a descer. Pegou a menina nos braços e a colocou no chão. Bela não disse uma palavra, observava tudo à sua volta, com curiosidade e espanto. Subiram a escada que dava na entrada principal. Quando a governanta abriu a porta, ela entrou, caminhando devagar, como se tomando cuidado com o ambiente, ainda estranho. O enorme lustre de cristal que flutuava no salão principal capturou sua atenção. Bela observou cada pedacinho do recinto. Avistou ao longe, no canto, junto à janela, um piano de cauda preto. Aproximou-se, maravilhada. As mãos atrás do corpo, contidas para não se meterem em apuros, eram recomendação da mãe. Os olhos espertos prestes a pular. Mas a expressão de euforia ela não conseguia domar.

— Você gosta de música, Beile? — indagou Nathan Blumenfeld.

Bela não piscava. As mãos teimavam em desobedecer e vez por outra se soltavam das costas. A menina ameaçou tocar o teclado, mas voltou à posição de disciplina.

— Pode tocar nas teclas, querida — ofereceu Nathan.

— Pos... posso? Aqui? Mesmo? — hesitou, apontando o piano.

— É claro que sim, meu doce. Toque uma de cada vez, uma branca, uma preta, depois duas juntas... experimente. — Nathan mostrou. — É um piano. É música.

Bela foi experimentando uma tecla, e depois outra, e depois outra.

• • •

No dia seguinte, quando Bela voltou à mansão, os Blumenfeld a matricularam na Escola de Música do professor Stolarski, a mais proeminente de Odessa, onde as crianças da elite da cidade estudavam.

Nada seria igual dali em diante.

7

Rio de Janeiro
Abril de 1961

Bela recordou-se dos Blumenfeld. Nathan, um grande administrador, fez uma fortuna com a exportação de grãos. Tempos depois do casamento com Maya, mudaram-se de Moscou para a casa mais linda de Odessa, de frente para o porto. Os navios vinham da Itália, carregados de lava do Vesúvio, e partiam carregados de grãos. A lava se tornava manta asfáltica nas ruas da cidade.

Além disso, ele e Maya eram apreciadores de boa música, boa literatura, e foram catalizadores da cultura na cidade. Recebiam poetas, escritores, pianistas, músicos em geral, para grandes encontros literários e musicais. A casa, alegre e movimentada, acolhia políticos também. Era magnífico, o casal fazia política com arte e maestria.

Bela conviveu com tanta gente boa e querida. Sentia falta. Tinha saudades daqueles tempos...a melhor época de sua vida na Rússia. Mas antes, quando morava com os pais em Moldavanka, o bairro operário, a vida era muito diferente, muito difícil. Foram anos terríveis.

Quando Bela era bem menina, a vida se resumia àquele quadrado que unia as casas de vizinhos e muitos amigos. Todas as famílias eram bastante ligadas, e o pátio, no centro, era o lugar onde todos se reuniam e compartilhavam refeições, festas... vida. No inverno acendiam fogueiras. As mulheres subiam e desciam com trouxas de roupa e baldes de água. Os velhos, que não conseguiam mais se deslocar escada abaixo, ficavam por detrás das janelas semiabertas espiando o movimento das crianças, que se dependuravam nos gradis e corriam de um lado para o outro.

Bela ainda conseguia ouvir a chuva correndo pelas calhas... As casas eram pequenas, todos dormiam em uma só peça. A cozinha ficava em um cantinho da sala. O banheiro comunitário ficava no pátio, em um plano mais baixo, reservado. Bela lembrava bem como era complicado dividir um único banheiro com tantas famílias.

Mas difícil mesmo era lidar com a insegurança. Havia muita violência, preconceito e perseguição aos judeus, embora fossem muitos, um terço da população local.

Em 1905, Bela viveu o primeiro pogrom em Moldavanka; só tinha seis anos.

8

Odessa
18 de outubro de 1905

Benia Yaponchik havia alertado os moradores dos conjuntos de casas onde morava a família de Bela para que se cuidassem. Corriam rumores de que o governo preparava um pogrom sangrento para breve. Benia fazia parte do grupo judaico de autodefesa de Odessa e sabia com antecedência o que se passava na cidade.

Ele fora vizinho de Bela. Conheceu a menina logo que nasceu. Era como um irmão mais velho e a chamava de *kleine schwester*, "irmãzinha". Ela o adorava e o tinha como um ídolo.

Benia era um líder nato. Chegou a comandar dois mil homens de uma só vez. Era uma espécie de Robin Hood dos guetos de Odessa, protetor da comunidade. Muita gente importante o temia. Dizia fazer justiça para os injustiçados em tempos difíceis.

A pequena casa da família de Bela tinha uma peculiaridade. Havia duas portas de entrada, contíguas, e duas janelas, uma atrás da outra. Eram para proteger do rigoroso frio do inverno... e da brutalidade.

Amanhecia quando um grupo de homens armados chegou ao pátio das casas. Todos dormiam quando foram despertados pelo tropel. Fazia muito frio. A mãe, por instinto, pegou Bela no colo, o pai pegou Anatólio e permaneceram todos quietos, acuados no canto da cama, esperando. O pai fez um sinal com o dedo nos lábios para que todos ficassem em silêncio. A mãe sussurrou: "*Beileke meidele*, fique quietinha, não tenha medo, tudo vai acabar bem, vai passar..." O pai não desviava os olhos da porta. O ruído era ensurdecedor, muitos gritos, e eles ali... imóveis. Bela, aterrorizada, repetia baixinho... "vai passar...vai passar". Mas...não passou. Com um súbito estrondo na primeira porta, Bela deu um pulo. A mãe a abraçou forte. Em seguida a segunda porta veio abaixo, levantando poeira e instalando o terror. A família encolheu-se ainda mais, os pais envolvendo os filhos com os braços. Os bárbaros invadiram a casa, sem dúvida embriagados, chutando o que viam pela frente. Um deles pegou uma boneca no chão. Deu uma gargalhada estridente. Bela abriu a boca, mas não emitiu um som, quando viu sua boneca de pano ter a cabeça e os braços decepados. Em um misto de pânico e resignação, a menina presenciou a destruição do único presente de aniversário feito pelo bisavô Yankel. Os vândalos se divertiam. E prosseguiram. As compotas que a mãe preparava para os meses frios do inverno, arrumadas em potes de vidro no alto da prateleira do quarto, tudo quebrado no chão... e as risadas, o escárnio, o deboche.

Antes tivesse sido só isso. Em busca de mais crueldade e destruição, pegaram Anatólio. O pai deu um grito: "O menino, não!". E eles então, às gargalhadas, arremataram: "Se é o que você quer, que seja feita a sua vontade".

Foi quando pegaram Bela.

9

Rio de Janeiro
Abril de 1961

B ela estava calada, alheia, olhando para a vidraça. As folhas insis-
tiam em cair e acariciar a janela. Ela acompanhava cada uma que
se soltava do galho da amendoeira. O rosto começou a se contrair. De
repente, colocou as mãos na cabeça e começou a gritar.

— *Zei veln indz chapn...zei zainen guekumen undz chapn...*
bahalt zich dir, bahalt zich dir... — aos prantos, regredindo no tempo,
falava como uma menininha em ídiche, sua língua materna.

Regina a abraçou, assustada com a reação.

— Vovó, ninguém vai nos pegar, estamos seguras. Respira, tenta
se acalmar! Mas Bela parecia não escutar.

— *Bahalt zich dir, bahalt zich dir,du ert nicht? Guei! Ze* — Bela
gritava. Em pânico, tapando os ouvidos para evitar as lembranças da
invasão, do som das botas, empurrou a neta como se procurasse um
abrigo. Parecia reviver o trauma da infância.

Regina saiu no corredor, pedindo ajuda.

A enfermeira veio em seguida, aplicou um sedativo, e aos poucos a avó foi se tranquilizando.

— Descansa, vozinha, eu estou com você! Descansa agora.

Bela fechou os olhos. Uma lágrima deslizou pelo seu rosto indo se abrigar no lençol. Regina fez um carinho no rosto da avó.

"Quantos segredos caberiam naquela lágrima?". A angústia invadiu a neta.

10

Bela parecia revigorada quando despertou. Tinha essa força interior, superava todas as dores. Ou... quase todas. Regina soube depois, pelo médico, que a reação da avó poderia ter sido efeito colateral da cirurgia.

— Naquele dia, depois que eles soltaram o Anatólio e me pegaram, minha mãe não me largou nas mãos deles. Eu parecia uma boneca de borracha, cada um puxava para um lado. Meu pai gritou! Levou uma coronhada na cabeça e caiu no chão. Fiquei com muito medo que tivesse morrido. Foi aí que a minha mãe se exasperou e gritou: "É só uma criança, não sejam tão covardes. Lutem com alguém do seu tamanho". Mas eles olharam para mim, olharam para o meu pai desacordado no chão e riram, riram muito. — A expressão de Bela era desoladora.

Ela se calou. Já fazia tanto tempo... e essas memórias não haviam desaparecido.

— Aí...foi então... aí... — ela escolheu as palavras — que eles disseram que era ela que queriam. Eu não entendi muito bem, eu era muito pequena. Me jogaram no chão com força, lembro que cheguei até a ficar um pouco tonta e me abracei ao Anatólio. Eles arrancaram o casaco da mamãe — que implorou o tempo todo: "Não, na frente das crianças, não!"

Regina estava tensa. Ela já imaginava aonde aquela história ia chegar.

— Eles gargalhavam. "Ah, sua majestade gosta de privança..." Aí, eles rasgaram o camisolão da minha mãe, começaram a apertar o seu peito, arrancaram a camisa de frio e começaram a se esfregar nela... Eram dois ao mesmo tempo. Foi horrível... Riam muito, tinham um olhar que eu nunca mais consegui esquecer. Um olhar de... animal raivoso. — Bela se calou por um momento.

Regina pegou um copo de água para a avó. Tomou um pouco também. Bela continuou com a mesma voz firme.

— Beijavam o seu pescoço, os seus peitos eles amassavam igual minha mãe amassava o pão. Ela gritou, suplicou — Bela suspirou forte. — Um deles abaixou as calças, ria muito, parecia descontrolado. Minha mãe gritou para mim e para o meu irmão: "Olhem para a janela, não olhem para mim!" Anatólio me deu a mão, e a gente ficou abraçadinho, o coração pulando, olhando para a janela. Eu só me lembrava das palavras da mamãe ... "Fique quietinha, não tenha medo, tudo vai acabar bem, vai passar". Eu apertei tão forte a mão do Anatólio...

Bela encarou a neta e Regina sentiu a força do olhar da avó quando completou:

— Minha mãe foi estuprada na nossa frente, Regina! Isso eu não vou esquecer nunca!

Regina segurou as mãos da avó com carinho, mergulhando em suas próprias memórias. Se tivesse sabido disso antes, quem sabe teria tido coragem de dividir a experiência tão ruim que ela mesma tivera quando criança? Não chegara a ser um estupro, mas fora um assédio, uma agressão covarde, quando tinha oito anos, que deixara mais marcas do que imaginara. Talvez não falasse com Bela nunca, mas ter ouvido aquilo tão íntimo da avó de certa forma a confortara.

— Aquela... aquela violência fez com que minha mãe sentisse uma culpa que ela nunca teve. — Bela voltou a falar, agitada, revoltada, tirando Regina de seus pensamentos. — Viveu a vida toda com culpa! Minha mãe nunca devia ter tido vergonha disso, a vergonha foi daqueles homens covardes... violentos! Imundos!

Regina ouviu em silêncio, a cabeça a mil. Sua avó tinha toda razão. E ela mesma, talvez agora, conseguisse exorcizar a própria culpa.

Uma enfermeira entrou, e as duas se calaram. Estava tudo bem com os sinais vitais de Bela, embora o coração estivesse acelerado. Das duas! Regina fez sinal de que estava tudo tranquilo, era emoção.

Bela continuou.

— Momentos depois, ouvimos outro barulho na porta. Quando eu olhei, vi Benia entrando com mais alguns amigos, nem me lembro quantos. Fiquei muito feliz em vê-lo. A casa era pequena, mal cabia tanta gente. Eles vieram armados e começaram a lutar contra aqueles selvagens. Minha mãe caiu no chão e se arrastou para perto de nós. Pegou o cobertor e se cobriu de vergonha. Benia ficou ferido no ombro, mas conseguiu expulsar todos de casa. Correu para mim, me pegou no colo e me fez um carinho, ajeitando o meu cabelo. Ele sorriu, e eu me lembro de ter perguntado: — Benia, nós fizemos alguma coisa errada?

Regina se indagou enquanto a avó continuava com suas memórias: "Por que, independentemente da época, a pergunta é sempre a mesma: — Nós fizemos alguma coisa errada? — Por quê? Errada por quê?"

— Benia me abraçou forte e me deu um beijo na cabeça. — Bela contou e depois fez um instante de silêncio. — O Benia me chamou de *kleine schwester* — irmãzinha — como sempre fazia. Eu gostava que ele me chamasse desse jeito, me sentia protegida. — Essa lembrança fez Bela voltar a sorrir.

Regina debruçou-se, beijou a avó e afagou-lhe o rosto com infinito amor. Ficou um tempo assim. Era preciso mesmo muita fibra para sair ilesa de uma realidade daquelas. Deu-se conta de que as experiências de muito impacto precisam de tempo para decantar. Às vezes, uma vida inteira não é suficiente.

Durante quatro dias naquele ano de 1905, os judeus de Odessa sofreram o pior *pogrom* daqueles tempos. Ficou evidente a colaboração das autoridades em sua organização. Inúmeras mulheres e crianças foram estupradas, quatrocentas pessoas foram assassinadas, milhares ficaram feridas, muitas gravemente. Entre as vítimas, membros do movimento de autodefesa judaico. Não fosse pelo grupo, muitos mais teriam sofrido as consequências daqueles dias terríveis. Mais de 1.600 propriedades foram danificadas ou destruídas. Todos tinham muito que agradecer a Benia.

11

No dia seguinte, Bela acordou bem-disposta, feliz. Tudo indicava que a alta era iminente. Quando Regina chegou, caminharam até a varanda do hospital, conversaram, e logo ela retornou a Benia. Embora fosse polêmico porque fazia justiça com as próprias mãos, ele era uma figura de confiança tanto dos pais de Bela quanto dos Blumenfeld. Tinha uma dívida de gratidão com Nathan, que lhe estendeu a mão quando, com a perda do pai, o mundo pareceu ruir. Tinha só seis anos. Seu pai havia trabalhado para Nathan, que assumiu a responsabilidade pela família até que se recuperasse. Cuidou para que não faltasse nada em casa, arrumou um emprego para a mãe e colocou as crianças na escola judaica. Nathan preocupou-se em conversar muito com o menino Benia para ajudá-lo a superar aquela fase difícil. E isso ele jamais esqueceu. Benia era bom, e Nathan sabia. A vida o levou a caminhos alternativos, mas ninguém duvidava de seu caráter

— Benia gostava de mergulhar o pão no café com leite. Quando eu era mocinha, ia sempre com ele ao Café Fanconi, reduto dos ricos e intelectuais, gente elegante e culta, onde os grandes negócios eram fechados. Eu adorava o passeio e o café. Em casa, era só chá — Bela relembrou-se. — Conversávamos por horas a fio. Mesmo estando na contramão dos frequentadores do Café, Benia era muito respeitado e recebido com muita fidalguia. Benia era mesmo um tipo único! Trocávamos confidências. Ele me dava diversos conselhos — mas me repreendia também! Não queria que eu me envolvesse com política. Dizia ser assunto de homem, que eu tinha que ficar em casa. Logo eu! — Bela divertia-se. — Ele dizia sempre que eu era muito teimosa. E olha só quem falava... um genuíno *Stoi Mujic* — aquele que apanha, apanha, mas não cai, não desiste. Um determinado. Se ele podia, por que eu não? — Bela se perguntou, enquanto gesticulava em sinal de contestação.

"Quem diria que vovó tivesse vivido tanta coisa de que a gente nem desconfiava. Por que ela não contou essas histórias antes?" — Regina olhava a avó com admiração e assombro.

Bela prosseguiu:

— Benia era um homem vaidoso. Acostumou-se a ser tratado como um rei em Odessa. Rei Benia. Ele gostava de ser chamado daquela forma. Pode parecer incoerente, sendo um fora da lei, mas Benia sempre teve muito vivos o espírito de justiça e os princípios do judaísmo. Não admitia roubar dos pobres. Com médicos então, ninguém mexia. Benia foi sim um líder. Carismático, muito firme... e justo! Mas, quando era cruel, ninguém pior do que Benia Yaponchik.

12

Odessa

15 de fevereiro de 1907

Era inverno. O dia estava lindo. Fazia muito frio. A neve acumulada pintava a cidade de branco. Não havia muita gente na rua. Benia estava sentado em um banquinho com uma caixa de engraxate bem em frente à Central de Polícia. Disfarçado, escondia a cabeça e o rosto com uma boina e um cachecol. As roupas tinham a marca da pobreza. Mantinha contato visual com Andrei, seu comparsa, que se encontrava do lado oposto da praça. Benia soprava as mãos para se aquecer. Parecia ter todo o tempo do mundo e a determinação do que estava prestes a fazer. Quando percebeu que Kozhukhar, o chefe da delegacia, vinha de longe, fez um sinal para Andrei, que começou a caminhar em sua direção.

O delegado, todo empertigado, pisava forte, autoritário. Andrei tropeçou e esbarrou nele. O pote de geleia, com a tampa mal fechada, que Andrei carregava debaixo do braço, acabou se espatifando no chão, sujando a bota do policial, que, irado, levantou a mão para surrar o rapaz. Amedrontado, o jovem se desculpou. O chefe, irascível, ameaçou agredi-lo, sendo de imediato interrompido por Benia, que, com um jeito bonachão, tratou de tranquilizá-lo.

— Não se preocupe, Excelência, esqueça esse desequilibrado. Vamos resolver isso para Vossa Excelência. Venha, vamos limpar essa sujeira toda. — disse ao encaminhar, com pompa, o delegado para o seu canto de engraxate. O policial xingou, esbravejou, espumando de ódio, mas acabou concordando em deixar Benia fazer a limpeza. Pisou com grosseria no caixote.

— Limpe logo essa merda, seu imbecil, ande! — Kozhukhar esgoelou-se.

Benia disse que ia usar a melhor graxa alemã que tinha importado, coisa fina, de Lavalet. Tirou a geleia, passou a graxa e escovou a bota com vigor. O policial parecia impressionado. Benia falava sem parar. Como se fosse natural, levou o cigarro aceso ao interior da caixa, acendendo um pavio instalado com engenho. O delegado notou a presença de Andrei, seu parceiro, e se enfureceu. Ameaçou ir ao encontro dele, quando Benia intercedeu:

— Vossa Excelência não se apoquente, pode ficar tranquilo que eu vou resolver isso em um minuto.

Benia caminhou para Andrei e se afastou mais com ele, como se estivesse convencendo o rapaz a deixar em paz o delegado. O homem, esperando com o pé sobre a caixa, ficou furioso.

— Você vai aonde, seu idiota? — perguntou aos gritos.

Nesse instante Benia parou. Um olho na caixa e outro no policial. O delegado acompanhou aquele olhar, ao mesmo tempo que ouvia as palavras que Benia lhe atirava com violência:

— Você se lembra do *pogrom* na Rua Zaporozhskaya, em Moldavanka? — Benia retirou o boné e o cachecol com vagar, a raiva do mundo no rosto à mostra, para ser visto e reconhecido pelo arrogante oficial da lei.

— Você!... O que você está...? — O policial interrompeu a frase, engolindo em seco, mas nem se mexeu.

Com um sorriso sarcástico, Benia, com um olho na caixa e o outro no policial, com pressa, se afastou mais. Este, enfim, se deu conta do que viria. Seu rosto refletia terror. Nem teve tempo de correr.

Um grande círculo, antes branco de neve, exibia agora o espetáculo horrendo dos fragmentos ensanguentados do corpo e da farda. O silêncio que tomou conta do lugar ensurdeceu os poucos que testemunharam o atentado naquela tarde fria.

Benia saiu assobiando, sem virar para trás. Aos poucos a justiça ia sendo feita. Do jeito que tinha que ser. Do jeito dele.

A notícia correu a cidade. O povo, debaixo de todo o frio e neve, encheu a praça. Estavam vingados. Entretanto, essa justiça custou muito caro para Benia, que acabou condenado à prisão por muitos anos, mas conseguiu ser solto antes da anistia geral de 1917.

Com tanto tempo na prisão para refletir, Benia voltou muito mais forte e decidido. Montou o exército mais poderoso da cidade e, durante dois anos, não houve em Odessa ninguém mais forte do que Benia Yaponchik.

13

Rio de Janeiro
Abril de 1961

— Não houve em Odessa ninguém mais forte do que Benia Yaponchik mesmo! Voluntarioso, determinado...Determinado... — repetiu.

Bela olhou pela janela. O dia estava nublado. As folhas, agora um pouco amareladas, caíam da árvore acariciando a vidraça do quarto.

— E tinha o Mischka — ela falou de repente. — Mischka foi o meu primeiro amor.

Bela falara "Mischka" num ímpeto.

— Mischka? Quem é esse Mischka? Eu pensei que o vovô Moishe é que tinha sido o primeiro amor da sua vida.

Regina continuava se surpreendendo. "Quantas histórias ela tem escondidas!"

— Conheci o Mischka ainda mocinha, em Odessa. Ele era muito diferente de mim, teve outra história de vida. Nasceu em Moscou, filho único de pais muito ricos. Nunca soube o que era pobreza.

55

Regina se acomodou na poltrona, curiosa, enquanto Bela se perdia em pensamentos que a faziam voltar no tempo e sorrir.

— Sabe, *meidele,* foi com Mischka que descobri o mundo. Ele me desafiou a lutar pelo que quisesse. Nós, que sempre vivíamos ameaçados, que sempre tínhamos que obedecer sem questionar as ordens impostas pelo sistema, sofríamos pelo simples fato de sermos pobres e judeus... — Bela deu um suspiro longo e arrematou. — É... Mischka me ensinou que só eu podia lutar pela minha vida. E ele tinha razão! E eu lutei! — Bela balançou a cabeça com um largo sorriso.

— Me conta logo desse Mischka! Que homem é esse? — Regina perguntou, já tentando imaginar quem poderia ser esse super-herói.

— Conheci Mischka na casa dos Blumenfeld. Ah... Mischka Sumbulovich... — Bela falou, com um suspiro profundo e um olhar enigmático.

Regina se deu conta de que Bela havia apagado a existência desse homem de sua vida... Até aquele momento.

14

Odessa
Junho de 1914

Maya avisara à Bela que se aprontasse para um jantar especial naquela noite. Teriam visitas. Os Blumenfeld receberiam velhos amigos de Moscou recém-mudados para Odessa com o filho único, Mischka. David e Yetta Sumbulovich haviam comprado uma casa bem próxima à deles, seriam vizinhos outra vez.

— Como nossa menina está linda! Quase 15 anos... eu diria até quase uma mulher! — Nathan sussurrou para Maya, admirando Bela, num vestido florido e trazendo um colar de pérolas. Ela ajudaria a receber os convidados, que chegaram às sete em ponto.

— Sejam muito bem-vindos! — Nathan abraçou David, seu velho amigo de infância, de forma calorosa. — Yetta, caríssima, que prazer em revê-la! — Dirigiu-se à esposa do amigo.

— Yetta querida! David, Mischka, que bom tê-los próximos outra vez... Mischka, o tempo voou... você está um homem feito! — Maya abraçou e beijou os amigos, com genuína felicidade.

— Sim! Acabou de completar 17 anos! — Yetta concordou envaidecida, para em seguida cochichar no ouvido de Maya. — Mas ainda é o meu menino.

— E essa é Beile, a nossa filha do coração. — Maya apresentou Bela com muito orgulho.

— É uma princesa! Muito linda! — David não poupou elogios.

— Como é bom, enfim, conhecer você, Beile. Maya não exagerou. Você é mesmo uma princesa. — Encantada, Yetta abraçou a menina.

— Mischka, você não vai cumprimentar a Beile? — David perguntou, tocando o braço do filho.

— Olá, Beile, muito prazer. — A voz saiu tímida. O rapaz até tentou disfarçar, mas não tirava os olhos dela.

— Olá, Mischka. — Bela corou ao cumprimentá-lo. Maya percebeu.

Entre um aperitivo e outro, antes do jantar, se recordavam da vida agitada dos tempos de Moscou. David contou a Nathan sua intenção de se basear em Odessa e restringir suas atividades ao comércio de grãos.

— O jantar está sendo servido. — Maya interrompeu a conversa. — Vamos todos para a mesa? Elena, Beile e eu preparamos muitas delícias! — Maya encaminhou todos à sala de jantar.

— Elena e Zev continuam com vocês? — Yetta estava surpresa. Era muito difícil manter empregados tão fiéis por tanto tempo.

— Sem dúvida! Esses vão ficar com a gente para sempre, principalmente agora, que acabaram de ganhar um bebê. Um menino lindo! Ivan.

Os empregados trouxeram as travessas fumegantes, dispondo--as na mesa.

— *Mazal Tov*! — Yetta e David cumprimentaram Elena e Zev. — Vida longa e feliz ao pequeno Ivan!

O casal de empregados agradeceu com uma mesura.

—Tudo lindo como sempre, Maya, uma beleza. — Yetta não se cansava de apreciar a mesa, coberta com uma toalha de linho branca bordada à mão, porcelana fina, talheres de prata, copos de cristal. — E tudo tão cheiroso! — Levantou o rosto dando uma inspirada profunda de prazer. — E você, Beile, o que você fez? — perguntou com água na boca.

— Vocês vão comer o melhor *guefilte fish* de suas vidas! — Maya se adiantou traçando mais elogios para Bela. — Ela aprendeu com a mãe, que aprendeu com a mãe também... Receita de família!

Bela, ao contrário de sempre, estava acanhada. Baixou a cabeça e corou. Maya estava atenta e, no seu íntimo, feliz. Era a primeira vez que via Bela dessa forma.

Entre uma iguaria e outra, a conversa pendeu para a política, mais do que nunca em ebulição na Rússia. Não se falava de outra coisa que não fosse o assassinato do herdeiro do império austro-húngaro por um nacionalista sérvio.

— A Rússia não quer uma guerra, David. — Nathan afirmou convicto. — O czar teme que, entrando em um conflito, acabe enfrentando uma revolução.

— Metade de São Petersburgo já está em greve, Nathan, sejamos realistas. As ruas estão um caos. — David afirmou, por ter passado por lá havia um tempo e se assustado com a situação da cidade. — O czar não enxerga que é a sua própria brutalidade imbecil que faz as pessoas quererem uma revolução. Ele é de uma ignorância assustadora!

— Com isso tenho que concordar. O czar governa olhando para trás. Por ele voltaríamos à idade de ouro do século XVII. — Nathan assentiu. — Aliás, um completo incompetente! Mas esse é o preço da monarquia hereditária, não é mesmo?

— Pior! Não podemos ignorar que esse mesmo boçal pode pôr milhões e milhões de homens no campo de batalha em poucas semanas. — David estava exaltado. — A Rússia está virando de cabeça para baixo!

— Não, David, é o mundo todo que está virando de cabeça para baixo. Veja o assassinato em Sarajevo. Os povos subordinados ao Império Austríaco julgam que já podem se governar a si mesmos. Uma tragédia para a Sérvia! — Nathan explicou, com angústia na voz.

— Tragédia para a Sérvia? Só para a Sérvia? Tragédia para todos nós, ainda mais com este czar. A Europa pode entrar em guerra. Vamos ver no que vai resultar esse ato insensato — David falou. Agitado, passava a mão na cabeça, enquanto Nathan beliscava o queixo.

— Tenho um pressentimento de que boa coisa não virá — David afirmou.

De repente, Mischka pôs-se de pé, e num rompante, vociferou: — Pois eu queria que o czar fosse morto! Assassinado! Junto com toda a família. São uns idiotas como ele! E que fossem todos para o inferno!

Yetta puxou o filho para que se sentasse e se acalmasse.

— O que você está dizendo, Mischka? — O pai o repreendeu com rigor, envergonhado da reação do filho na frente dos amigos.

Mischka não se intimidou. Largou os talheres de forma tão brusca que chegaram a saltar no prato. Bela olhou para ele com um misto de curiosidade e atenção. Naquele momento alguma coisa a despertou.

— Chega de tanta hipocrisia, pai! O czar só destrói tudo o que toca. Só faz asneira e não aceita conselho de quem entende. É muito presunçoso! Basta de autocracia! Está na hora de uma revolução mesmo, para tirar o czar do trono, instituir um poder do povo para o povo! — O jovem exclamou, esmurrando a mesa, fazendo água e vinho rodopiarem nas taças e as louças cantarem em uníssono.

Um silêncio profundo dominou o ambiente. Um mês depois as previsões se confirmaram: a Rússia entrou na guerra. A Europa inteira estava envolvida. Foi o primeiro grande conflito do século, e durou quatro anos.

Mas, para Bela, aquele momento foi marcante por outro motivo: a descoberta do amor.

15

Odessa
29 de setembro de 1914

Três meses depois, a mansão dos Blumenfeld amanheceu agitadíssima. Maya e Nathan cuidavam dos últimos preparativos para receber os convidados: era o aniversário de Bela. Embora o mundo estivesse em guerra, naquele momento o que interessava era Bela. Ninguém poderia prever o que sairia daquele grande conflito, e não perderiam a oportunidade para festejar os 15 anos de Bela e apresentá-la à sociedade.

Maya e Nathan escolhiam os convidados para suas festas com um critério peculiar. Diziam que a alquimia perfeita se faz da mistura de timidez e extravagância, solidão e desejo de reconhecimento, insegurança e narcisismo. Assim, escritores, poetas e músicos eram estimulados a deixarem suas tocas e se perceberem e perceberem o outro, se desafiarem e desafiarem o outro. Daquele salão saíram romances e sagas, peças musicais e poemas. Alguns até ganharam o mundo. Mas não era só de arte que viviam os salões, onde se discutia muita política também. Para a noite do aniversário, entretanto, ali estariam a família e os amigos de Bela, os amigos do casal e as personalidades de Odessa. Seria uma noite única!

A governanta poliu o samovar de prata para que estivesse impecável. A caixa de madeira com ervas exóticas foi disposta ao lado das xícaras de porcelana inglesa para um serviço de chá perfeito. Zev, o braço direito de Nathan, organizou as vodcas e os uísques, os licores, os charutos e os *papirossen*, cigarros russos, sempre oferecidos nas festas.

Bela, animadíssima, acompanhava Maya, aproveitando para treinar a andar com suavidade e elegância com o primeiro saltinho. Ela virava o pé e falava consigo mesma: "Vamos, Bela, você consegue!", e tornava a ensaiar para a grande noite.

Maya olhava a menina. Ela recordava cada momento desde a chegada de Bela à mansão. Nos primeiros anos de convívio, Zev buscava Bela de manhã cedo em Moldavanka para ir à escola no centro de Odessa. Os Blumenfeld, com a permissão dos pais, a tinham matriculado em uma das melhores escolas da cidade. Passava as tardes com o casal na mansão. Depois do jantar, ela voltava para casa com Zev na carruagem.

Maya recordava-se das tardes em que Bela tocava piano, e as duas tomavam o chá. Liam juntas. Maya gostava de ouvi-la ler em voz alta.

Já haviam transcorrido cinco anos. Lembrou-se do primeiro jantar, quando Bela não conseguira sequer tocar a comida, tamanho o desconforto do não saber como agir. Jamais estivera em uma mesa posta com tantos talheres, pratos e copos. A mesa dos Blumenfeld era arrumada de forma impecável e requintada, obedecendo a uma etiqueta formal, mesmo no dia a dia. Maya ensinou o manejo e a sequência dos talheres e taças de cristal. Bela logo se habituou a lidar com naturalidade com o requinte do ritual das refeições. Nathan costumava brincar que Bela já podia estar presente em um jantar com o rei da Inglaterra; afinal, era uma princesa!

A vida da menina passou por uma mudança radical. Interessante que Bela circulava com igual desenvoltura na mansão e em Moldavanka.

No aniversário de 12 anos, os Blumenfeld tiveram uma conversa com os pais de Bela, sugerindo que ela se mudasse para a mansão. Faigue sentiu um aperto, mas julgou ser o melhor para a filha e concordou. Até a natureza celebrou o presente que os Blumenfeld haviam ganhado. Acácias coloridas em plena floração se perfilavam ao longo das ruas no caminho de Moldavanka para a mansão no dia da mudança. A Rua Deribasovskaya no outono parecia uma pintura.

No começo, logo que passou a dormir na mansão, Bela resistiu, foi muito difícil. Nas primeiras noites chorou, longe dos pais. Apesar de ter passado a morar com os protetores, Bela os via com frequência. Ganhou um quarto só para ela na mansão, com penteadeira e estante de livros. Com o tempo, Bela já se comportava como filha dos Blumenfeld. Uma ocasião, sentou-se ao toucador de Maya e, ao levantar, estava com o rosto todo pintado, as bochechas vermelhas de *rouge* e a boca de batom. Imaginou que ninguém perceberia... Nathan achou muita graça! Era o sinal de que ela em breve deixaria de ser uma menininha. Numa tarde, logo após completar 13 anos, Bela, assustada, chamou Maya ao banheiro.

— *Tante* Maya! Eu acho que estou muito doente! Me ajuda!

— O que aconteceu, minha querida? — Maya perguntou, já acalmando a menina, prevendo a resposta.

— Estou sangrando... — Bela apontou a calçola manchada de vermelho.

Maya confirmou sua suposição e explicou à Bela:

— Meu bem, você não está doente, isso é natural. Você "ficou mocinha", essa é a sua primeira regra. Isso acontece com toda mulher. A partir de agora, você pode ter isso uma vez por mês. Vou lhe ensinar como se cuidar. Não é nada ruim, é normal. Temos que contar para a sua mãe. Que tal irmos a Moldavanka falar com a Faigue?

— Uma vez por mês? — Bela resmungou, mas já feliz com a visita aos pais e irmão.

Maya se recordou de como Bela se desenvolveu a partir daquele momento. O corpo começou a tomar forma de mulher, embora ela ainda tivesse muitas vezes comportamento de criança. Continuava gostando de subir ao segundo andar da mansão escalando a árvore em frente à varanda.

Deixando de lado as lembranças, Maya olhou para Bela, que continuava treinando com o sapato de saltinho. Riu. Repassou mais uma vez a lista de convidados, que incluía, entre outros, os amigos da escola e da música, o de Hanna e sua família, o de Isaac Babel, o jovem tutor de Bela, e também dos Sumbulovich. Bela conhecera o filho deles, Mischka, há três meses, no jantar para a família e parecia terem se encantado um com o outro. Maya ficou feliz de ter tido a ideia de combinar com Yetta a surpresa de Mischka ser o primeiro jovem a dançar com Bela. Observou a filha por alguns segundos... depois sorriu com a sua própria intenção. Não era tão despretensiosa assim. De certa forma faria muito gosto se dali saísse alguma coisa. Queria o melhor para a menina, e o filho dos Sumbulovich era um ótimo partido.

Bela percebeu que a atenção de Maya estava voltada para ela.

— O que foi? Já vamos sair? — Bela perguntou, entusiasmada.

— Sim. Vamos procurar o Nathan? Ele vai nos acompanhar.

Nathan saía de seu aposento quando ouviu a conversa.

— Eu estou por conta de vocês hoje, meninas! — Nathan respondeu enquanto se dirigia ao empregado. — Zev, por gentileza, prepare a carruagem. Vamos comprar o que falta para a festa de Beile!

— Não podemos esquecer as sementes de abóbora salgadas — Bela lembrou.

— O delicioso e mais democrático dos petiscos! — Maya arrematou.

Mal pararam na frente da Mercearia Kaplun, Bela correu para abraçar o pai.

— É hoje a minha festa, *Tate*!

— E como eu me esqueceria, minha princesinha? — respondeu Iacov beijando a filha com carinho.

Em seguida Bela foi ao escritório do senhor Kaplun para cumprimentá-lo. Era sempre muito carrancudo, mas, ao ver a menina, perdia um pouco da rigidez, largava os livros de contabilidade e ia com ela até o setor de doces. Podia não parecer muita coisa, mas era um gesto muito especial, no caso do senhor Kaplun. Ninguém entendia como Bela conseguia amolecer o coração daquele homem.

— O que você vai querer, Beile? Pode escolher o que quiser! — Kaplun ofereceu com um sorriso desabotoado.

— Eu não sou mais uma criança, senhor Kaplun. Estou completando hoje 15 anos! O senhor vai dançar comigo essa noite, não vai?

— Dançar, eu? Só você mesmo, Beile! — o senhor Kaplun soltou uma gargalhada com o inesperado da proposição.

Bela deu de ombros e escolheu uma barrinha de chocolate. Agradeceu com um beijo. Foi até o pai, pulando de tanta alegria.

— Papai, vamos todos dançar muito hoje! Não se atrase! — Bela exclamou e deu um forte abraço no pai, que lhe fez um afago.

Iacov entregou as compras e fez um sinal formal para os Blumenfeld, que se despediram e retornaram à mansão. Havia ainda muito a ser feito.

Maya tinha combinado que Faigue, mãe de Bela, chegaria mais cedo à mansão. As duas ajudariam a menina a se arrumar para sua primeira festa. Logo que a mãe chegou, a filha a puxou para o quarto. Havia uma caixa sobre a cama com um cartão. A menina, surpresa e curiosa, foi logo abrindo tudo.

• • •

"Bela querida, que esta seja a primeira de muitas noites inesquecíveis para você.

Te amamos muito".

Maya e Nathan

• • •

Dentro da caixa, uma surpresa fez Bela exclamar com alegria.

— Mãe, foi o vestido que eu vi na modista e adorei. Não é lindo?

— É maravilhoso, filha, você merece! Que esta seja uma noite de sonho mesmo para você!

No íntimo, Faigue agradeceu a Maya. Embora fosse doloroso viver longe da filha e não poder lhe proporcionar o mesmo que os Blumenfeld, sabia que, graças a eles, Bela teria outro futuro. Nada mais importava.

16

A mansão dos Blumenfeld estava toda iluminada. As tochas acesas indicavam o portão onde os convidados deveriam desembarcar de suas carruagens. Zev auxiliava o movimento ininterrupto dos cocheiros, encaminhando-os para os estábulos, evitando aglomerações.

Maya e Nathan recebiam à porta, vestidos para uma noite de gala. Nathan muito elegante e orgulhoso, acompanhava Maya, perfeita, primorosa em um vestido de seda preto rebordado. Uma deslumbrante gargantilha de diamantes evidenciava-se no colo e ombro desnudos, e combinava com os brincos em cascata. Na mão esquerda, o primeiro anel solitário que ganhara de Nathan, décadas atrás, fazendo par com a aliança de brilhantes. A época era de crise, mas aquela noite era fora do tempo.

Benia chegou só. Vestia um paletó de veludo cor de chocolate, calça creme e sapatos de verniz vermelho. Os olhos se voltaram para ele. Era um sujeito excêntrico.

— E onde está a nossa aniversariante? — Benia indagou ao cumprimentar o casal de anfitriões.

— Lá dentro. Queira entrar, caríssimo. Seja muito bem-vindo. — saudou Nathan.

Isaac Babel, o jovem poeta e cronista, que era também tutor de Bela, chegou em seguida, vestido num fraque preto, seu sorriso bonachão e o inseparável par de óculos de lentes redondas e armação fina, trazendo um livro de contos de presente. Junto vinha o professor Stolarski da escola de música, com uma pasta de partituras nas mãos. Bela e o professor haviam combinado uma surpresa de que nem os Blumenfeld tinham conhecimento.

Aos poucos os salões iam se enchendo. Os Sumbulovich foram os últimos a chegar.

O pianista e o quarteto de cordas tocaram os primeiros acordes quando os Blumenfeld e Bela entraram no salão abrindo a festa. A aniversariante, linda em seu vestido cor de rosa pálido, se equilibrava no sapato de saltinho. Estava radiante! Benia, que com dedos vagarosos rasgava o anel dourado do charuto, arregalou os olhos. Como o tempo passa... a sua *kleine schwester* estava se tornando uma mulher!

Bela cumprimentou um a um, sempre com uma palavra gentil a cada conviva. Quando chegou aos Sumbulovich, ruborizou ao ver Mischka. Por um segundo os olhares se encontraram, e Bela baixou as pálpebras. O rapaz também ficou desconcertado. Não era só ele que admirava Bela, todos a olhavam. Mas só ele tinha sido escolhido para ser o seu par. E isso ela não sabia.

Nathan abriu a pista de dança com Maya. Os presentes os rodearam. Em seguida foi a vez de chamar a aniversariante, que estava ao lado dos pais. Pelas convenções, Bela dançaria a primeira valsa com o pai, mas Iacov pediu que Nathan o substituísse, por não estar confortável e sequer saber dançar. Dizia ser pé de chumbo, mas a verdade é que não se sentia à vontade na mansão, ainda mais com tanta plateia. Faigue e Iacov estavam pela menina. Sabiam não pertencer ao ambiente.

Saga de uma família judia na Revolução Russa

Iacov beijou Bela e a levou até Nathan.

Nathan era puro regozijo. Os longos cabelos negros de Bela, ligeiramente ondulados, também bailavam a cada rodopio. Era nítida a satisfação dos dois. Depois de alguns minutos, a um sinal de Maya, Mischka aprumou o corpo, ajeitou a gravata. Solene, pediu licença a Nathan e tomou Bela nos braços. Só ele sabia o quanto tinha treinado para aquela noite. Bela ficou ruborizada mais uma vez. Aos poucos a pista foi se enchendo, mas para Bela era como se não houvesse mais ninguém.

No salão ao lado, os empregados serviam água e vinho, dando os últimos retoques nos preparativos. Em minutos seria iniciado o jantar. Maya olhou em volta e constatou: uma noite perfeita! A paz reinava... ao menos, dentro daquela casa.

Todos foram encaminhados às mesas. Na última, Bela recebia os mais jovens, Mischka entre eles.

O serviço à francesa oferecia de entrada um esplêndido caviar servido sobre *blinis*, pequenas panquecas russas tradicionais. Na sequência, foi servido um *borscht*. A cor púrpura da beterraba contrastava com o branco do creme de leite espesso. Os convidados se deliciavam a toda troca de prato e com o mosaico de cores e sabores que ia sendo degustado. No centro das mesas, cestinhas com pães – de cebola, de papoula e de centeio – raros naqueles tempos. Pela fartura, nem parecia que a Europa estava em guerra, mas nada poderia faltar em uma recepção na mansão dos Blumenfeld. Muito menos nos 15 anos da filha.

Bela estava fascinada com Mischka. Sentaram-se lado a lado, deixando a comida esfriar. Ela cortava os alimentos, mas nem os levava à boca. O rapaz, deslumbrado com tanta atenção, discorreu sobre a guerra. Bela não piscou o olho. Ele lhe pareceu tão sabido!

Ao final de sete pratos, os violinos voltaram a tocar e os convidados retornaram ao salão de baile.

Bela foi trazida à realidade quando o professor Stolarski sussurrou-lhe que já anunciariam a surpresa. Era mais um motivo para ela fazer uma ótima apresentação.

O professor se aproximou da orquestra e pediu silêncio. Os Blumenfeld, curiosos, acercaram-se.

— Queridos amigos, há cinco anos os Blumenfeld me deram a incumbência de ensinar piano a uma menina de dez anos. Confesso que não foi preciso muito esforço, pois a aluna demostrou talento — olhou para Bela, sorrindo. — É com muito orgulho que apresento a jovem pianista Beile para a sua primeira apresentação em público!

O professor estendeu a mão para Bela e a acompanhou até o piano sob aplausos.

Bela acertou a altura do banco, curvou as mãos sobre as teclas, mas não se moveu... Foi transportada no tempo para o dia em que entrou naquela casa pela primeira vez e viu o piano. Como teve vontade de tocar nas teclas brancas e pretas. Lembrou-se de Nathan guiando-a para que, sim, tocasse uma a uma, e depois de duas em duas, até produzir uma música. Agora, após cinco anos de estudo com afinco — Bela amava o piano e amava música clássica — estava pronta para apresentar sua primeira peça. Cabeça ereta, respirou profundamente e começou a tocar *O Lago dos Cisnes*. Não foi preciso olhar a partitura. Sabia de cor, e tocou com a alma. A emoção contagiou a plateia. Ao final do último acorde, Bela repousou as mãos lentamente no colo, respirou fundo outra vez e ficou de pé. Os aplausos tomaram conta do salão. Abaixou a cabeça em agradecimento. Professor Stolarski, ao seu lado, foi o primeiro a abraçá-la. — *Brava*, Beile, *bravíssima*!

Bela olhou para os pais e para os Blumenfeld. Maya mirou a filha e, movendo os lábios e articulando cada palavra sem emitir um som, disse emocionada: "Estou muito orgulhosa de você!" A jovem abriu um sorriso contido. Nathan, enternecido, jogou um beijo com as mãos. A menina assentiu com a cabeça.

Faigue secou as lágrimas. Naquele momento teve certeza de que valera a pena o sacrifício.

Iacov puxou o lenço do bolso e enxugou o nariz, disfarçando o turbilhão que se passava dentro dele. Mal podia acreditar, sua menina, uma pianista? A sua *Beileke,* a sua menininha...

Bela abraçou os pais e os Blumenfeld.

Enquanto todos a cumprimentavam, Bela buscava Mischka com os olhos. Tinha tocado para impressioná-lo, mas não o encontrou. No salão ao lado, uísque, vodca, charuto e discussão sobre a guerra e política corriam soltos. Mischka prestava atenção na conversa de um e outro, às vezes até mesmo emitindo comentários. Não viu nem ouviu Bela tocar.

17

Rio de Janeiro
Abril de 1961

Mischka se misturava com as recordações da juventude de Bela, que tinha um olhar brilhante quando se referia a ele. As lembranças a rejuvenesciam. Regina, em silêncio, esperava a avó continuar.

— Mischka era um rapaz lindo, tão elegante... Tinha um espírito brilhante. E falava um monte de idiomas!

— Hum... pelo jeito esse Mischka te fisgou mesmo... — Regina gracejou com a avó.

— Tínhamos uma sintonia fina impressionante. Gostávamos das mesmas coisas. Eu me ofereci para ser a sua anfitriã na cidade. Fomos juntos a todos os lados — praia, parques, óperas, concertos... Lemos muita poesia, mergulhamos na literatura. Ele, dois anos mais velho do que eu, me ensinou muito. Mischka me despertou o interesse pelos ideais políticos.

— Política, você? Não posso acreditar! — Regina fazia caretas, duvidando da palavra da avó.

— Política sim, e como eu amava a política! Quanto mais aprendia, mais gostava.

— Pois eu podia jurar que o que você mais gostava era de ouvir música clássica e jogar biriba com a dona Julia... — Regina falou em tom de brincadeira.

—Ah, *meidele* — Bela replicou, jogando a mão para trás em sinal de que fora muito mais do que isso.

— Estou pasma! Vamos, continue! — Regina encorajou a avó. — Você hoje é só surpresa!

— Logo após minha festa de aniversário, começamos a nos encontrar quase todos os dias depois da escola. Mischka falava muito sobre a guerra que estava em curso na Europa, de como os soldados russos tinham sido despejados nos campos de batalha sem nenhum cuidado. Dizia que as notícias que chegavam do *front* eram de que os homens estavam sendo submetidos a maus-tratos, com fome e frio, sem botas, sem roupas, até mesmo sem munição. Mischka contestava o governo do czar, denunciava as injustiças praticadas contra o povo. Eu só ouvia, nada falava. Na verdade, eu pouco entendia. Os Blumenfeld não conversavam comigo sobre assuntos de guerra. Meus pais, muito menos. Acho que eu vivia em uma bolha, protegida. Não tinha a menor ideia do que se passava na Rússia, ou no mundo. O meu mundo era a mansão, a escola e Moldavanka.

— E o que fez com que você se inteirasse?

— Me dei conta de que, se eu quisesse conquistar o Mischka, teria que dominar o assunto que lhe era mais caro; do contrário, ele se cansaria de falar sozinho... E foi por isso que eu mergulhei na política.

— Você mergulhou na política por amor ao Mischka, e não por amor à política?

— A motivação inicial, talvez... você de certa forma tem razão, mas a política é um bichinho que te pega. É fascinante. E eu acabei sendo mordida. Passei a acompanhar as reuniões na mansão. Os Blumenfeld, a princípio, estranharam, mas depois do terceiro ou quarto encontro, se acostumaram... Eu precisava aprender! As discussões giravam sobre a situação da Rússia e dos judeus. Havia também encontros da Organização Sionista. O pai de Mischka era um grande ativista e lutava para tirar o nosso povo da Rússia e levar para a Palestina. Mischka ficava ao lado do pai. E eu prestava atenção a tudo. Aos poucos fui compreendendo as conversas. Mischka começou a me levar a algumas das reuniões do seu grupo, não a todas. Ele se justificava dizendo que determinados encontros eram só para homens. Nunca duvidei então... Hoje tenho minhas dúvidas...

— O velho machismo, não é mesmo?

Bela sequer ouviu a observação da neta. E continuou.

— Já no final de 1916, quando Lenin, da Suíça, decidiu incitar o povo a se unir aos comunistas e defender a Rússia livre, Mischka começou a se inquietar. Acabou convencendo os pais de que iria para Petrogrado, sede do governo, onde o levante deveria acontecer. Estava pronto para participar da revolução. Yetta e David queriam que ele ficasse em Odessa lutando pela causa sionista, e por fim iriam todos para a Palestina, mas ele não concordou. Não houve quem o fizesse desistir. E ele partiu.

— E você...? Não pensou em ir? — Com a pergunta, um pensamento invadiu Regina: "O que uma mulher apaixonada não consegue enxergar, mesmo estando tão óbvio". — Regina se admirou.

— Claro, e bem que tentei, mas nem os Blumenfeld nem meus pais permitiram. Era muito perigoso, violência e fome grassavam por toda parte. Eles me queriam por perto, segura. No início me rebelei, não concebia a minha vida sem Mischka. Mas ele mesmo insistiu para eu ficar, que seria mais útil em grupos políticos de jovens. E sem parar os estudos. Acreditei. Por que não?

18

Rússia 1917

A Rússia parecia um trem desgovernado. A população civil morria de fome nas grandes cidades. As greves eram constantes. A insatisfação do povo, geral. Treze milhões de soldados haviam sido mobilizados e os gastos na Grande Guerra, ainda em curso, provocavam uma dramática crise econômica e social no país. Mais de um milhão e meio de soldados já haviam morrido nas frentes de batalha por falta de alimentos e roupas adequadas, e até mesmo de armamento.

No final de fevereiro o czar Nicolau II foi, enfim, deposto e um governo provisório instalado. A notícia logo alcançou os revolucionários russos que estavam exilados na Suíça. Eles começaram a se organizar para voltar, já que a liberdade de expressão havia sido restaurada. No entanto, como fariam para superar o obstáculo físico de ir da Suíça à Rússia sem entrar na Alemanha? Qualquer outro caminho por terra os obrigaria a cruzar as linhas de combate. Os navios a vapor continuavam fazendo a rota entre a Inglaterra e a Suécia pelo Mar do Norte, mas eles não poderiam se arriscar a passar pela Grã-Bretanha. Atravessar pela Itália e a França seria pior. Viram que estavam livres, mas encurralados.

O serviço de inteligência alemão tinha muito interesse nos revolucionários comunistas russos, em especial Vladimir Ilyich Ulyanov, o Lenin, que havia feito um discurso inflamado em Zurique repudiando o governo provisório. Os alemães desenvolveram um plano para remover a Rússia da guerra e eliminar o *front* oriental. Lenin, líder dos bolcheviques, era a arma secreta germânica para ganhar a guerra.

Três dias depois de os Estados Unidos declararem guerra à Alemanha, 32 revolucionários russos exilados se reuniram no Hotel Zahringerhof em Zurique. Seguiram a pé até a estação ferroviária para tomarem o trem para a Rússia, viajando em um vagão blindado enviado pelo *Kaiser*. Mesmo sem a autorização do governo provisório para voltarem a pisar em território russo, decidiram embarcar. Numa longa escala de vinte horas em Berlim para contatos e negociações, Lenin recebeu uma maleta com dez milhões de marcos alemães. Era o consistente apoio germânico a Lenin, para desestabilizar o governo russo. Assim a Alemanha patrocinou a revolução russa e a divulgação da mensagem de paz entre os dois países. A Alemanha, definitivamente, queria a Rússia fora da guerra. O recado estava dado, o preço pago.

A viagem, além do longo percurso, também foi um período de transformação para Lenin. Era preciso que sua imagem estivesse irretocável; afinal, chegaria como estadista e tinha que impressionar as massas.

No dia 16 de abril de 1917 Lenin desembarcou confiante na Estação Finlândia em Petrogrado, vestindo um imponente sobretudo com gola de veludo, chapéu e sapatos novos, segurando firme a maleta de dinheiro alemão, seguido de seus companheiros. Uma multidão de revolucionários e um povo ansioso por mudança o esperavam.

Os camponeses haviam incendiado as casas dos seus senhores e dividido as grandes propriedades entre si. Os operários tinham sabotado e paralisado a produção industrial, sendo frequentes as greves. Trabalhadores de fábricas têxteis tomaram o poder pela força ao abandonarem as instalações; as máquinas foram destruídas pelos engenheiros.

"Companheiros, vamos recuar um passo para avançar dois. A revolução começa agora, em casa!" Lenin levantava a multidão. Sua missão era unir o povo para governar. Vladimir Ilyich Ulyanov entrou em Petrogrado debaixo de ovação.

19

Rio de Janeiro
Abril de 1961

— Quando Mischka soube da chegada de Lenin em Petrogrado, ficou impaciente, quis logo embarcar. Almejava fazer parte da construção de uma nova Rússia, democrática, com direitos a todos, longe da guerra. — Ela ajeitou-se na cama, como que organizando os pensamentos. — Na verdade, acho que o que Mischka queria mesmo era muita ação, não sabia ficar parado um minuto... Fico me perguntando se ele realmente conhecia os princípios da revolução de Lenin antes de se enfiar naquele trem ... — Bela se calou por alguns segundos. — Mas os trens não passavam com tanta frequência, era preciso esperar. E esperar não era o forte de Mischka.

Enquanto Bela falava, a neta pensava em como era ingênua a imagem que a avó tinha do amor da juventude. Regina, cada vez mais, achava Mischka autocentrado e nada companheiro. Mas a avó, mesmo agora, não o via dessa forma.

— Carregava uma mala pequena, dizia que não precisaria de muita roupa. A mãe preparou um *pekele*, um farnel para ele não correr risco de passar privação. O dinheiro ia camuflado dentro da roupa. Só o que ouvíamos era que a fome estava matando muita gente. Nunca tinha visto o Mischka tão feliz. Nem parecia que estava indo rumo a tanto tumulto. Mas ele era assim... quanto mais aventura, mais gostava.

— E lá foi ele sozinho — Regina falou baixinho, controlando a ironia.

— A viagem de Odessa para Petrogrado era muito longa, sobretudo naquela época. — Bela continuou a contar sua história. Pareceu não ter escutado ou se importado com o comentário da neta. — 1.700 quilômetros a serem vencidos, já imaginou? Mais do que duas vezes ida e volta do Rio para São Paulo. E os trens eram lentos. Mas nada disso desanimava o Mischka.

Bela pegou um copo e bebeu a água sem pressa. Parecia tomar fôlego para continuar a lembrar do passado que vivera tão intensamente.

— Os Blumenfeld, os pais de Mischka e eu fomos para a estação, que eu não conhecia. Fiquei assombrada com a quantidade de indigentes e feridos que chegavam e partiam. Era grande a sujeira, o mau cheiro. Impressionante a miséria. Mischka parecia não perceber. Tinha uma chama ardendo dentro de si. Yetta, a mãe dele, era pura desolação. O pai não via sentido na viagem. A filosofia bolchevique nada tinha a ver com suas crenças ou sua vida. Ansiava que o filho ficasse em Odessa envolvido e trabalhando pela causa sionista. Mas Mischka estava iludido com a retórica bolchevique. E David, sem convencê-lo, não conseguiu impedir seu embarque.

— Imagina se você tivesse ido... — o pensamento de Regina escapuliu.

— Sabe que eu pensei nisso na hora? Eu queria tanto ficar com o Mischka, mas ele se transformava nessas ocasiões. Acho que para ele era excitante por ser novidade. Menino nascido em berço de ouro. Eu sabia o que era a miséria. Não, não queria passar por isso outra vez. Acho que no final, eu fiz bem em não ter ido. Quando voltamos para casa, eu estava muito triste, iria me afastar do Mischka. A Maya me disse que era preciso enxergar além do que se vê.

"A Maya estava coberta de razão, isto sim! Quanto egoísmo, só pensava nele, como vovó era ingênua" — Regina se contorcia por dentro, mas decidiu não tecer nenhum comentário. De que serviria agora?

— Como foi a despedida de vocês? Nem posso imaginar.

— Na noite anterior ao embarque, nós estávamos no jardim da mansão. Mischka relatando seus mil planos, tudo que iria fazer. Eu lembro que pensei por um momento que eu não me incluía em nenhum desses planos. Ele pareceu ler meus pensamentos e, de repente, me puxou para perto e me beijou com muita paixão. Meu coração disparou quando ele roçou os lábios na minha bochecha, nas minhas pálpebras, meu pescoço. Ele tinha um cheiro muito... — Bela fechou os olhos e inspirou profundamente — hum... especial. Era bom estar em seus braços. Disse que iria realizar sua missão e logo estaria comigo. Que então nos casaríamos. Perguntou se eu iria esperá-lo. Que ideia, claro que sim!

— Que paixão mais intensa! — Regina andando de um lado para o outro do quarto; incrédula, virou-se para a avó fazendo graça. — Sendo sincera, eu não sei se eu esperaria pelo Albert tanto tempo.

— Ah, *meidele*! Foi tão bom, mas acabamos nos perdendo.

— O que foi feito do Mischka?

— Eu não sei — respondeu, consternada. — Eu nunca mais soube do Mischka depois que vim para o Brasil. Ninguém soube. Ele desapareceu. Yetta e David também. Ele voltou de Moscou três dias antes da minha saída de Odessa. Era para ter embarcado comigo, mas não apareceu. Segui sozinha no navio, sempre na esperança de que ele me alcançaria. Mas ele nunca chegou. Procurei por ele durante muito tempo... até que acabei desistindo. Tinha que tocar a minha vida para frente.

Regina se lembrou daquela primeira noite no hospital quando Bela disse que tinha uma coisa para lhe dizer... que precisava encontrar uma pessoa... "Seria esse Mischka?"

— E ninguém soube do paradeiro do Mischka? Sumiu do mapa? Será que morreu?

— Não! — Bela rebateu, com o punho fechado sobre o peito. — Tenho certeza de que está vivo. Eu sinto!

— Você acha que ele pode ter se casado e construído a vida em outro lugar?

— Ele pode até ter se casado... deve ter se casado... claro... Mas eu sei muito bem que a nossa história não saiu da cabeça dele!

— Como não saiu da sua? — Regina perguntou, agora sem ironia.

Bela esperou alguns segundos antes de responder.

— Você tem razão. Não saiu mesmo da minha cabeça.

— Mischka então foi muito mais do que um fogo de juventude. — Regina concluiu.

— Mischka foi um grande amor. Só éramos muito jovens. Eu tive receio, muitas vezes, de que ele não suportaria deixar o seu lado anarquista para construir uma família. Era muito inquieto, estava sempre em busca de suas verdades. Não sei... fico confusa, não tenho respostas.

— E o vovô Moisés?

— Moishe? — Bela recostou na cama. — Eu amei e muito o seu avô! Há vários tipos de amor, *meidele*. Moishe era diferente, determinado. Firme, sabe? Pé no chão. Moishe me dava segurança. Traçava uma meta e não se afastava dela enquanto não a alcançasse. Era como lançar um anzol... e perseguir a linha até chegar ao peixe. Ele teve que lutar para conseguir uma vida boa para nós. Não nasceu em berço de ouro... Moishe... — Bela balançou a cabeça num movimento suave, sentindo saudade. — Foi a pessoa mais determinada e generosa que eu conheci. — Bela abriu um sorriso. — Ele me confessou que desde que pousou os olhos em mim teve certeza de que eu seria a mulher da vida dele! No início eu não me interessei por ele... nem por ninguém, eu só pensava no Mischka e tentava saber de seu paradeiro. E o Moishe... ah, seu avô... sempre dava um jeito de se fazer presente. Ele nunca aceitou "não" como resposta.

Bela relembrou os primeiros tempos no Brasil. Moisés já estava na cidade e logo se ofereceu para ser o seu anfitrião. No aniversário de vinte anos, ele a presenteou com uma orquídea para prender no vestido. Bela ficou sensibilizada. Percebeu que ele prestara atenção a uma história que ela havia contado sobre a Maya ter ganho uma orquídea de Nathan. Ele se preocupou em procurar a mesma flor para ela. Moisés, ao contrário de Mischka, era muito observador e atencioso. Maduro. Foi o que cativou Bela. A partir daí começou a olhar para ele de uma forma diferente, e acabaram se apaixonando. Bela era importante para Moisés. Ele demonstrava em todos os seus atos. Ao contrário de Mischka.

— Seu avô sabia como conquistar uma mulher! Sabia muito bem! — Bela, amorosa, falou com brilho nos olhos.

— Que bonito, vó!

— É... Ele era muito sedutor.

Moisés também era de Odessa, mas Bela só o conheceu no Brasil quando chegou à casa de Hanna, amiga de infância e vizinha em Moldavanka. Moisés era filho de dona Rachel Léa e do seu Salomão Rozental, irmão da dona Polia, mãe de Hanna. Ele logo se sentiu atraído pelo jeito de Bela. Tinha planos para o futuro e viu nela uma companheira à altura do que planejara. Moisés admirava Bela. Era chique e culta, diferente das outras russas que ele conhecia. Além do que, o senso de humor de Bela conquistou Moisés de pronto.

— Seu avô foi extraordinário, de uma elegância natural incomparável! Ele queria que lhe ensinasse tudo o que eu havia aprendido. Moishe era rápido! — Bela estalou os dedos no ar, lembrando que bastava uma vez para ele incorporar as novidades em sua rotina. — Foi um grande companheiro na minha vida. O melhor!

— Você acabou encontrando um parceiro de verdade... — Regina não conseguiu evitar a comparação das histórias dos dois homens do passado de sua avó.

— É, e imagina só o que ele diria se me visse com esse capacete na cabeça agora! Não ia gostar nem um pouco— deu um tapinha no ar e riu lembrando-se de como Moisés a achava a mulher mais linda do mundo. — Para o seu avô tudo que eu fazia estava bom, ele não queria me ver preocupada, tinha muito prazer em me ver feliz. Me tratava como princesa, mesmo no início da vida quando passamos por tantas dificuldades. Não foi fácil, não foi fácil não... — meneava a cabeça de um lado para o outro. — Mas valeu a pena. Vencemos juntos! Sua morte foi tão prematura, me deixou muito abalada. Não viveu nem sessenta anos... Não foi a primeira situação que eu tive que superar. Lembro o que Maya sempre dizia... a gente se fortalece com a dor; para se abrir uma janela para o mundo é preciso resistência, perseverança. Foi assim também no dia em que eu deixei Odessa.

20

Odessa
2 de abril de 1919

Desde 1917, quando os bolcheviques tomaram o poder em Moscou, Petrogrado e em muitas outras cidades ao Norte da Rússia, uma multidão correu para Odessa, fugindo da violência e da fome. A situação se tornara insuportável. Propriedades e bens foram confiscados, os ricos massacrados. Tudo passou a pertencer ao Partido. E faltava comida, combustível. A brutalidade, insustentável.

Neste período, Odessa foi disputada por muitos governantes: em menos de dois anos o poder já havia mudado de mãos mais de nove vezes com a inevitável consequência do racionamento de alimentos e segurança precária. Podia-se dormir sob um regime e acordar sob um outro. Havia rumores nas altas rodas da elite local de que os bolcheviques estavam se aproximando e que, em pouco tempo, as tropas francesas, que davam cobertura ao Exército Branco, no poder naquele momento, abandonariam a cidade. Tudo levava a crer que os vermelhos tomariam Odessa também. O Alto Comando Francês chegara à conclusão de que a intervenção na guerra civil russa havia sido um grande erro, mas garantiam que a retirada seria feita de forma organizada. Acabou não sendo bem assim.

Quando Bela entrou na mansão vindo da casa de Mischka, se surpreendeu ao ver a mãe, Benia e os Blumenfeld conversando. Havia surgido uma oportunidade para tirar Bela de Odessa.

— Mas eu não posso ir sozinha! Não faz sentido! Nós temos que sair todos juntos!

— *Beileke*, você não pode perder essa oportunidade — a mãe argumentava. — Vá, Beile, vá! — insistia, com firmeza.

— E a situação está crítica, querida, não podemos sair todos juntos para não despertarmos suspeitas. E devemos finalizar a transferência dos bens para a Suíça. — Nathan Blumenfeld foi enfático. — Você segue primeiro, nos encontramos depois.

— O que consegui foi a garantia de duas pessoas embarcarem no navio que levará os americanos, ingleses e franceses que ainda estão por aqui. — Benia completou.

— David e Yetta devem estar tendo essa mesma conversa com Mischka agora, Beile. — Nathan arrematou.

— Não há tempo a perder. Amanhã à noite esteja pronta às nove horas. — disse Benia, sem deixar Bela interrompê-lo. — Vamos aproveitar a escuridão para eu embarcar você com segurança. O vapor *Imperator Nikolay* zarpará na manhã seguinte para Constantinopla.

Bela se levantou e saiu direto para a casa de Mischka. Ofegante, nem se deu conta de ter corrido ao invés de caminhar. Encontrou o rapaz na sala.

— Mischka, você já soube da novidade? — Bela estava exaltada.

— Sim, amanhã nós deixamos a Rússia, meu amor! — Mischka levantou-se e abraçou Bela. — Vamos direto para a Palestina. Vamos começar vida nova. Logo nossos pais nos encontram.

Bela acariciou o seu rosto e o beijou.

— Vida nova na Palestina... juntos, todos juntos!

21

Bela despertou cedo. Estava na hora de se despedir dos vizinhos de Moldavanka, hora de dizer adeus a Odessa. Abriu a porta da casa e, debruçada no gradil, olhou para o pátio abaixo. Tanta vida aquele quadrado abrigou. Quantas brincadeiras com as crianças, as corridas nas escadas, nos corredores... As festas celebradas em comunidade... a excitação dos preparativos para cada uma delas, a invariável competição do melhor *guefilte fish,* ou de outro quitute qualquer. A eterna discussão das comadres. E dos compadres... "Não tem jeito" — Iacov sintetizava — "onde há quatro judeus, há cinco opiniões, sempre foi assim, e sempre será, nós somos assim, e é bom!" — Bela recordava já com saudades a conclusão a que sempre chegavam. "Sim, era bom, muito bom. E vai continuar sendo, para eles que ficam. Eu tenho que ir embora".

O irmão a abraçou; em silêncio, contemplaram o cenário que os abrigou durante tantos anos.

Era vida que respirava saindo daquele lugar. Não houve muito mais o que dizer. Estava tudo dito no que haviam vivido.

— A gente logo se encontra. Cuida da mamãe. Eu mando notícias.

— E você se cuide bem! Não arrume confusão! — Anatólio ria, tentando desanuviar o peso do ar que os envolvia. Despedidas nunca eram o mais fácil de se lidar.

Bela, tentando disfarçar as lágrimas, beijou o irmão, olhou pela última vez a casa pequenina onde moraram desde sempre, fechou a porta e saiu. A mãe ela veria mais tarde na mansão.

Bela sentia muita saudade do pai que tinha morrido há pouco mais de três meses, vítima de um infarto no coração. Passou no cemitério, se agachou ao lado do túmulo do pai. Rezou um *Kadish*, colocou uma pedrinha sobre a lápide, e seguiu sem olhar para trás. Levaria o pai no coração. Bela entendeu que naquele momento era preciso se concentrar. Cada minuto era precioso, não havia tempo a perder. Tinha muita coisa a ser feita. Ela estava preparada. Fugiria de Odessa com Mischka. A oportunidade era real. Eles conseguiriam!

22

Maya olhava Bela com a consciência de que enfrentaria muitas dificuldades, mas que as venceria, e tinha confiança de que conseguiria chegar ao seu destino. Tinha orgulho da mulher em que a sua menina se transformara.

Os Blumenfeld já estavam se organizando para fugir também. Grande parte do patrimônio que tinham em espécie e em ouro já estava resguardada a salvo na Suíça. Os imóveis ficariam para trás. Agora era preciso aguardar uma oportunidade segura para os dois saírem. Já não eram mais tão jovens. Naquele momento, o importante era tirar Bela da Rússia, o quanto antes.

A jovem olhou curiosa quando Maya apareceu com um espartilho para vesti-la. Havia bolsinhos costurados nas barbatanas. Dentro de cada bolsinho tinha dinheiro, moedas de ouro e brilhantes. Maya sentou-se ao seu lado e explicou que, desta forma, ela poderia chegar ao destino e refazer a vida até que se encontrassem outra vez. Alertou que o caminho seria muito duro. As dificuldades não seriam poucas. Os Blumenfeld queriam suavizar a sua fuga. Pelo menos, recursos não lhe faltariam.

Quando Faigue chegou, mãe e filha se abraçaram. Faigue segurou com carinho o queixo da filha, e foi firme, como sempre.

— Beile *meidele*, você vai conseguir. Logo vamos estar todos juntos outra vez. Agora você precisa ir.

Maya se afastou, emocionada. Era um momento só das duas. Depois trouxe uma pilha de roupas. Explicou que Bela não poderia provocar suspeitas carregando qualquer coisa nas mãos. Mala estava fora de cogitação. Teria de colocar sobre o corpo o maior número de peças possível. Não havia tempo a perder. Já era quase hora de se despedir.

Maya e Faigue começaram a vestir Bela, se alternando, cada uma colocava uma peça. A cumplicidade era visível... e a ansiedade também. Estava claro que não competiam e que compartilhavam um objetivo único: o bem-estar de Bela. Assim, ela vestiu duas combinações, duas anáguas, duas saias, duas blusas, dois vestidos, dois casacos, duas meias curtas, duas meias longas, luvas quentes, um gorro de lã, um casaquinho e um casacão. O inverno já terminara, mas ainda fazia frio em Odessa. Na pequena bolsinha que Faigue entregou à filha, uma *Maguen David*, a estrela de seis pontas, que Iacov havia dado a Bela quando nasceu.

— Tenha esta *Maguen David* com você, *Beileke*. Seu pai vai te acompanhar o tempo todo. Ele vai te proteger. Ele estaria muito orgulhoso de você, da mulher lutadora, como ele, que você se tornou.

As duas se abraçaram e assim ficaram por um bom tempo. A sensação de calor daquele abraço dava conforto à alma. Bela beijou a mãe e ajeitou os seus cabelos com carinho.

— *Mame*, você me ensinou a ser forte. Eu prometo que venho te buscar.

Depois de abraçar a mãe, foi a vez de Maya.

— Obrigada, *tante* Maya! A senhora também foi uma mãe para mim. Obrigada por me dar este mundo que eu não conhecia. Obrigada por todo este amor. Nós vamos nos reencontrar... todos.

— Beile querida, você foi o melhor presente que a vida me deu. Presente que dinheiro nenhum do mundo pode comprar. Se cuide bem. Nós vamos nos reencontrar.

Benia bateu à porta: — Está pronta, *kleine schwester*?

Bela abriu e Benia olhou para ela.

— Tome, guarde. — Benia entregou uns papéis à Bela. — Aqui está o seu passaporte com o visto francês de saída. Vamos, que já está tarde.

— Mischka já chegou? — Bela perguntou, ansiosa.

— Não. Ele vai se encontrar conosco. Temos que sair. Vamos.

— Mas...

— Sem mas, Beile. Não há tempo a perder. Ele nos encontra.

Bela olhou em torno da sala. Aquela sala onde aprendera tanto da vida agora era testemunha de que ela estava pronta para lutar por um futuro. Abraçou Nathan.

— Obrigada, *Tate* Nathan. Nos vemos em breve?

Nathan não conseguiu esboçar um som. A voz estava embargada. Tomou Bela nos braços, beijou-lhe a testa, afagou-lhe o rosto.

— *Tate* Nathan, vou sentir muita saudade de você. Promete que vai se cuidar?

Nathan balançou a cabeça em assentimento. Ele ficou muito feliz em ser chamado de pai. Tirou o cordão de ouro que usava e colocou no pescoço de Bela. Pendurado tinha um *Chai,* as letras hebraicas que querem dizer vida. Era isso que ele queria para Bela, sua *zisse tochter*... sua doce filhinha. Bela segurou o cordão, olhou para o *Chai*... beijou Nathan em ambas as faces. Virou-se uma última vez para Maya e para a mãe... e saiu. Nunca mais voltaria.

23

Odessa
3 de abril de 1919

As ruas estavam desertas. Benia escoltou Bela até o Hotel Londonskaya, onde os franceses, ingleses e americanos se reuniriam para irem juntos para o porto no momento apropriado. Ao chegar, tomaram conhecimento de que o grupo de estrangeiros já tinha saído, usando de discrição para evitar tumulto.

A situação na cidade era caótica. O povo passava fome, o alimento não chegava mais a Odessa, as inúmeras gangues — munidas de grande quantidade de armas e equipamentos apossados dos alemães – instauraram a supremacia do terror. Ataques, roubos, agressões. Mortes. A insegurança reinava. A população crescia com a explosão do fluxo de refugiados que vinham do Norte em busca de abrigo. A pobreza era opressiva.

Enquanto isso, um arco-íris de exércitos — branco, formado por ex-generais czaristas e republicanos liberais; vermelho, originado da Guarda Vermelha dos Bolcheviques; verde, de nacionalistas camponeses, e preto, composto por anarquistas — disputava terra e poder, dizimando o povo por onde passavam.

Havia rumores de que os franceses abandonariam Odessa e, se isso se confirmasse, significava que os bolcheviques tomariam a cidade, uma vez que o Exército Branco não contaria mais com a retaguarda dos franceses.

Benia e Bela apressaram o passo em direção ao porto. Desceram por uma escadaria estreita, alternativa à de Potemkin que, gigantesca, os deixaria muito vulneráveis. Benia, alerta, examinava todo o entorno. Só ele e Bela, para não despertar desconfiança. Uma luz despontou ao fundo, e logo avistaram os navios ancorados. Faltava pouco. Caminhavam em cima dos trilhos dos carrinhos de carga quando ouviram uma voz de comando ao longe. Não conseguiam determinar de quem era. Uma só certeza: não podiam ser vistos. Esconderam-se atrás de um vagão. Bela estava firme, não deixava transparecer o medo. Ficaram imóveis por alguns minutos, a respiração controlada para não denunciar presença. Quando a voz desapareceu, Benia pegou firme a mão de Bela e apressou o passo, cuidando para não fazer barulho. Logo chegaram ao vapor. Bela observou o navio e leu o nome no casco: *Imperator Nikolay*. Olhou para Benia. Ele fez menção de que ela subisse. Acenou para o oficial no alto da escada. Recebeu o sinal de positivo.

— E Mischka, Benia? E Mischka?

— Entre, Beile! Mischka deve estar a caminho. Você precisa subir. Já!

Bela o abraçou forte. Beijou sua face. Não disse uma palavra. Subiu sem olhar para trás. O oficial a conduziu para dentro do vapor. Benia tinha providenciado tudo.

24

Havia tanta gente no navio que mal se conseguia um lugar para sentar no chão. Eram quase novecentos passageiros em um barco projetado para menos da metade. Bela procurou, sem sucesso, rostos conhecidos. Não viu nenhum. Em um canto havia uma família — pareciam americanos. Acomodou-se ao lado deles. O coração estava acelerado.

A ansiedade de correr para o navio deu lugar à agonia da espera. As notícias chegavam atropeladas ao *Imperator Nikolay*.

O dia seguinte foi tenso. Na hora de partir, os motores apresentaram defeito. A previsão do conserto era de um mínimo de 24 horas. As crianças a bordo, impacientes, corriam ou choravam.

A notícia do Exército Vermelho alcançando Odessa chegou a bordo. De modo inesperado, a tripulação deixou o barco em apoio aos bolcheviques. A substituição da equipe teve que ser feita às pressas em meio ao caos em que se transformara a cidade. Os bancos fecharam suas portas impedindo a retirada de valores.

Os passageiros estavam angustiados. Se não conseguissem fugir antes da chegada dos bolcheviques, não só perderiam a oportunidade de se afastar daquela Rússia em chamas, como seriam privados também de sua liberdade, bens e direitos. Petrogrado e Moscou já eram a fotografia do futuro do país, e, a não ser para a cúpula do poder, não parecia um retrato colorido.

Na sexta-feira, dia 4 de abril, um homem entrou acenando com um jornal, os olhos arregalados, gritando: "Os franceses abandonaram Odessa! Os vermelhos vão invadir!" O barco virou um pandemônio. O pânico foi maior no porto, porque os navios dos refugiados estavam à vista e ao alcance de uma possível apropriação. Todos queriam estar bem longe dali. Temiam que os bolcheviques impedissem o barco de zarpar.

A retirada dos franceses certamente seria acompanhada pela dos seus aliados: britânicos, americanos e senegaleses.

Bela alcançou o convés e agachou-se, perto da amurada. O que via era uma cena de terror. Uma multidão correra para as docas e dezenas de milhares de civis acenavam com documentos no ar implorando para subir a bordo. Ouviam-se gritos, choro. O desespero chegava em ondas ao navio. Que não se movia...

Enquanto isso, nas docas, soldados gregos aliados do czar destruíam motores de automóveis e os empurravam para a água, para evitar que os bolcheviques os confiscassem. Soldados bêbados e armados com fuzis saqueavam suprimentos com o incentivo de seus superiores. A confusão era indescritível. E o tempo não passava...

Bela espiou do convés. Viu quando soldados senegaleses, trazidos pelos franceses, pegaram nas docas duas jovens que acenavam seus documentos pedindo ajuda e as arrastaram à força para um galpão logo em frente. "Que triste fim!" — pensou. Seu coração se acelerou. Acompanhou a ação sem nada poder fazer. De repente, viu um capitão da frota inglesa se encaminhando com passos rápidos em direção ao galpão. Ele percebera a agressão e interveio, resgatando as moças para a sua embarcação.

Bela ficou feliz pelas moças. Seu olhar seguiu o caminho das duas subindo a prancha do navio, seguidas pelo capitão. "Ainda bem que dessa vez esses animais perderam a batalha." O pensamento veio acompanhado de uma sensação de alívio. Mas não durou muito, e o sorriso nos lábios se transformou em um grito de pavor. Um dos senegaleses apontou o rifle e começou a disparar. As moças e o capitão se jogaram ao chão da escada. Os tiros continuaram. O soldado esgotou a munição da arma. Por sorte, o efeito do álcool impediu que tivesse uma boa mira, e não houve feridos. Bela fechou os olhos e respirou, aliviada.

Depois de três dias, no domingo, 6 de abril de 1919, o *Imperator Nikolay* levantou âncora rumo a Constantinopla. Bela chorou. Onde estaria Mischka?

Já se ouvia o apito da partida, quando um homem se aproximou. Em um "russo quebrado" misturado com francês, perguntou:

— Você é a Beile Sadowik?

Bela, já fragilizada, petrificou. Quem seria aquele homem? O que poderia querer? Não conseguiu esboçar um som. Ele percebeu.

— Por favor, só me confirme se você é a Beile. Está tudo bem.

Bela fez que sim.

— Fique tranquila. Sou Phillipe Georges-Picot, diplomata francês. Isso é para você! — Estendeu a mão entregando um envelope. — Um senhor me abordou quando eu embarquei. — O diplomata se lembrava da angústia do homem. — Disse que era o seu pai. Me fez prometer que eu a encontraria e entregaria o bilhete. Queria tranquilizá-la.

Em silêncio, Bela abriu e leu:

"Beile, Mischka não pôde embarcar. Está tudo bem com ele, não se preocupe. Mas vá em frente, não esmoreça. Ele irá depois. Cuide-se bem e mande notícias. Todo o nosso amor para você. *Tate* David".

"Então eu tenho que seguir viagem sozinha? Estava tudo tão certo, combinado... o que poderá ter acontecido para ele desistir de mim?" Embora decepcionada e muito triste, ela não se deixou abater. Era uma questão de sobrevivência.

Phillipe Georges-Picot foi o último a embarcar. E se tornou o primeiro novo amigo de Bela. Contou que quase não conseguira entrar no navio. A situação em Odessa havia piorado muito. O *Ataman* Grigoriev — líder supremo do exército cossaco, que fizera parte do exército imperial russo, mas um vira-casaca que mudava de lado a toda hora por conveniência, era agora o Comandante do Exército Vermelho para a captura de Odessa, embora não fosse um bolchevique. Tomou a cidade de assalto com suas tropas, formadas por gangues, sem muito esforço. As forças francesas da Tríplice Entente sequer criaram dificuldade, pois já estavam batendo em retirada. As casas, e sobretudo as mansões, passaram a ser saqueadas com muita violência.

Grigoriev, assim como Simon Petliura, o chefe das tropas nacionalistas ucranianas, era conhecido por seu antissemitismo fervoroso e prática de *pogroms*. De Petliura, Bela se lembrava bem, embora tivesse motivos para esquecer. Nas duas semanas em que ficou no comando de Odessa, incentivou a violência. Como sempre, os judeus foram o alvo principal. Hanna foi uma de suas vítimas. Cinco dias depois embarcou com toda a família para o Brasil.

Bela olhou para o céu estrelado. E torceu para que os seus não passassem por mais provações. Tinha que seguir em frente... e ser firme.

À medida que o navio se afastava, Bela se sentiu mais confiante. Ouviam-se tiros ao longe. O vapor rumou para a escuridão sem que Bela tirasse os olhos de sua Odessa, que foi desaparecendo, até se perder na noite, para sempre.

102

25

Constantinopla ficava perto, só quatrocentas milhas descendo o Mar Negro, mas para os passageiros do *Imperator Nikolay* aquela travessia pareceu uma eternidade. Todos tinham se tornado indigentes, caminhando para um futuro desconhecido. Havia gente por todos os lados. As condições a bordo se tornaram muito duras. Os franceses que comandavam o navio se mostraram muito cruéis. Bela deu sorte porque ficou o tempo todo perto de Phillipe, o diplomata que acabou sendo o seu salvo-conduto e protetor a bordo. Mas a brutalidade dos franceses era escancarada. Pagava-se por tudo e para tudo. Um copo de água custava cinco rublos.

A sujeira a bordo era indescritível. Os homens puxavam baldes de água do mar para se lavar. As mulheres tinham que pagar 25 rublos cada vez que usassem a cabine. Bela tomava cuidado para que ninguém notasse o que tinha no espartilho, caso contrário, com certeza seria roubada. As muitas roupas com que viera estavam agora numa sacola dada por Phillipe.

Na noite de segunda-feira, depois de uma viagem de quase quarenta horas, entraram no estreito de Bósforo. Enfim chegaram à Turquia, centro do Império Otomano. Phillipe, exultante, apontou para Bela o país colorido e alegre dos sultões, que ficava no meio dos dois continentes: de um lado a Ásia, do outro a Europa. Bela ficou aliviada por ter conseguido alcançar um porto seguro. Mas ficou feliz antes da hora. Mal sabia que o pior estava por vir.

26

Kavaka, Turquia
Noite de 7 de abril de 1919

O *Imperator Nikolay* jogou âncoras algumas milhas ao sul do Mar Negro, perto de Kavaka, um vilarejo pitoresco na costa asiática. Bela olhou ao redor e se deu conta de que estava sozinha, em uma terra estranha. Outros vapores chegaram de Odessa naquela noite e, na manhã seguinte, já havia uma dúzia deles, transbordando de refugiados. Todos acreditavam ter alcançado a segurança, para apenas descobrir que a provação não tinha acabado. Ao contrário, a nova etapa mal começara.

Oficiais franceses subiram a bordo do *Imperator Nikolay* trazendo soldados senegaleses que de imediato assumiram o comando e a ordem da embarcação. A partir daí os passageiros começaram a ser tratados como prisioneiros. Ordenaram que desembarcassem para passar por exames médicos e entrar em quarentena. Por conta de uma epidemia de tifo em Odessa, os aliados determinaram que um severo procedimento de extermínio de piolhos, causadores da doença, fosse obrigatório para qualquer um que chegasse da Rússia. As preocupações eram legítimas. Mas os guardas tratavam as pessoas com brutalidade. Foi humilhante como aquela multidão saiu para a estação de quarentena de Kavaka. Velhos, desrespeitados, tropeçando no convés abaixo aos gritos grosseiros de sargentos franceses... o olhar de vergonha... Eram como gado para eles.

A desinfecção foi sofrida, lenta e primitiva. Separaram os homens das mulheres. Despidos, abarrotaram sacos de malha com suas roupas, encaminhados para profilaxia. Os refugiados seguiram juntos para uma grande ducha, escondendo suas vergonhas. Vigiados por guardas, depois de obrigados a se esfregarem e se lavarem com vigor, seguiram para um terceiro salão. Algumas das sacolas foram jogadas de volta. Dentro, trapos desintegrados pela alta temperatura das câmaras para exterminar os vermes. Ficaram sem quase nada para vestir.

Antes de sair do barco, Bela temeu pelo futuro. Apalpou a barriga. Sua sobrevivência estava costurada em seu espartilho. Tirou a peça dentro da cabine e a colocou em um saco de papel. Tudo indicava que seria revistada. Aquela parecia ser uma terra de ninguém.

Quando ordenaram que todos descessem do vapor, Phillipe veio se despedir. Ele iria direto para Constantinopla, sem passar pela inspeção em Kavaka. Sua condição de diplomata francês lhe garantia privilégios. Bela o abraçou e só teve tempo de dizer:

— Phillipe, guarde isso para mim, é tudo que tenho!

— Confie em mim. Vou tirar você daí. — disse, sem titubear, enquanto colocava o saco em sua bolsa de mão.

Ao sair das salas de desinfecção em Kavaka, Bela vestia um andrajo. Deixou um pouco de sua dignidade, mas saiu determinada a encontrar Phillipe e tocar a vida. Só não imaginava que passaria mais duas semanas inteiras em reclusão junto com uma multidão enraivecida e decepcionada. Alguns dos refugiados conseguiram escapar su-

Saga de uma família judia na Revolução Russa

bornando os guardas com diamantes, mas Bela só tinha o que restara da câmara de calor. Trapos.

As notícias que chegavam, por outro lado, eram de que, dias depois da ocupação de Odessa, instalara-se o reinado de terror sob o comando do *Ataman* Grigoriev. A polícia secreta de Lenin, a *Cheka*, começara uma campanha violenta e sangrenta contra os inimigos do Estado soviético. Contava-se que centenas de pessoas foram torturadas e mortas, incluindo mulheres e crianças. O número de execuções foi, em poucas semanas, duas a três vezes maior que a pena de morte por parte do regime czarista em 92 anos. As pessoas, de tão desesperadas, tentavam escapar de Odessa em botes e pequenas embarcações na expectativa de alcançar algum barco grego ou francês no mar. Bela, transtornada, se preocupava com os seus. O mundo estava se despedaçando.

27

Phillipe seguiu para Constantinopla depois de tentativas frustradas de resgatar Bela em Kavaka. Para um homem na sua posição, era arriscado subornar os guardas. Só lhe restava esperar.

O diplomata ficou hospedado em Constantinopla no hotel que concentrava o Alto Comando da Tríplice Entente. O Pera Palace, no alto da colina de Beyoglu, se debruçava sobre a magnífica vista do estuário do Corno de Ouro, que divide o lado europeu da cidade de Constantinopla. Empenhou-se em conseguir passagens para os dois em um vapor com destino a Marselha, sua terra natal. Tinha se afeiçoado à jovem, e sabia que não seria seguro deixá-la para trás.

Constantinopla havia se transformado em um centro de refugiados, e o perigo e a desordem eram lugar comum. Tinha de ser rápido. Valeu-se do fato de ser diplomata francês para obter os documentos para Bela como sendo de sua família. Confirmou dois bilhetes no navio que partiria para Marselha em 26 de abril. De lá seria mais fácil ajudá-la a alcançar o seu destino, fosse qual fosse. Mas a jovem precisava chegar a Constantinopla... até o dia do embarque. Ela o fizera guardião de um saco de papel que "continha seu passaporte para o futuro".

Todos os dias Phillipe caminhava até o porto para ver a movimentação do desembarque dos refugiados vindos de Kavaka. Já era dia 24 de abril, e até então, nada de Bela. Começou a se afligir. Não seria fácil conseguir outro navio para Marselha, não tão cedo. E ele precisava voltar para a França.

28

Depois de duas semanas inteiras retida em quarentena em Kavaka, Bela foi enfim liberada e recebeu permissão para prosseguir viagem. Aguentara firme. Muitos não tiveram a mesma sorte. Agora era preciso encontrar Phillipe. Algo lhe dizia que aquele homem não a trairia, que o espartilho estava em segurança.

Desceu a colina e voltou ao porto onde desembarcara. Por mar, em pouco mais de uma hora estaria em Constantinopla. Os franceses organizavam a saída dos refugiados liberados, que, ansiosos e com aspecto de miseráveis, iam para a cidade em pequenas embarcações. Depois de enfrentar uma longa fila, Bela não conseguiu partir naquela primeira tentativa. Desolada, sentou no chão. Dali não arredaria pé; seria uma das primeiras do dia seguinte.

29

Kavaka — Constantinopla
25 de abril de 1919

A lua mal se despedia quando os primeiros barcos começaram a agitar as águas do pequeno porto de Kavaka. A fila de refugiados já era grande outra vez, mas Bela estava na frente. Acomodou-se na proa. O barco desceu o estreito de Bósforo, um canal sinuoso com alguns vilarejos nas margens, um ou outro hotel, alguns casarões e mansões na costa, ruínas antigas no alto do morro. A natureza verde dominava a calma paisagem. Quando a pequena embarcação fez uma curva, como de surpresa, surgiu a visão magnífica de Constantinopla. A angústia de Bela era tanta que não conseguiu perceber a beleza do lugar. Não viu aquela explosão de cores e luz que se descortinou à frente. A única preocupação era onde encontraria Phillipe. E o que seria dela se não o encontrasse.

O barco se aproximou das docas perto do prédio da alfândega, e o marinheiro jogou a corda. Havia dezenas de navios de guerra cinzentos, europeus e americanos, barcas de transporte indo e voltando, cargueiros enferrujados e pequenas embarcações que navegavam em todas as direções. A localização estratégica no Mar Negro fez com que Constantinopla se transformasse na base dos aliados da Grande Guerra.

De repente, o céu começou a escurecer. Nuvens carregadas anunciaram uma forte chuva, que não tardou a cair. Bela se refugiou na marquise de uma cafeteria. O cheiro forte do café chegou a lhe causar vertigem. Sentou-se no chão encolhida e ficou quietinha, tentando conter o desânimo que a abateu. Quando o sol tornou a sair, ela levantou, bateu a poeira da roupa e seguiu em busca de Phillipe. A cidade estava repleta de refugiados. A maioria, famintos como ela. Viu movimentação em uma estação de transporte público. Curiosa, entrou. Era um funicular, como o de Odessa, que fazia o transporte rápido para a cidade alta. Bela não tinha sequer uma moeda para pagar a passagem. Desanimou por um instante, estava debilitada, mas decidiu subir a ladeira até a torre de Gálata, que avistara do porto. Precisava encontrar o diplomata francês e recuperar o seu espartilho.

Phillipe deixara o hotel bem cedo na cidade alta. O tempo era exíguo para encontrar Bela. Já se preocupava. O navio sairia no dia seguinte e tinha que tomar a difícil decisão caso não a encontrasse.

Determinado a ganhar tempo, desceu pelo funicular. Foi direto ao porto. Já não havia refugiados, só pescadores. Foi informado de que vários barcos tinham deixado levas de expatriados de Kavaka um pouco mais cedo, e que estes se dividiram, como sempre. Parte atravessou a ponte para a cidade antiga, a muçulmana Sultanahmet, e parte subiu para a cidade alta. Foi essa a aposta de Phillipe. Tomou o funicular outra vez, atento à sua volta. Escolheu caminhar pela İstiklâl Caddesi, a Avenida da Independência, uma via de pedestres, a principal da região. A avenida fervilhava de gente.

Avistou de longe uma moça que lhe pareceu familiar. Lembrava o jeito de Bela. "Não, não pode ser ela". Tornou a olhar. "Não, é impossível, assemelha-se, mas não pode ser ela, parece uma mendiga". Aproximou-se. A jovem se assustou ao sentir uma mão tocando seu ombro e, antes que pudesse reagir, ouviu:

— Beile? — Ele ainda não estava seguro.

— Phillipe!

— Beile, é você mesmo? O que aconteceu? *Mon Dieu! Allons!* Temos que cuidar de você. Embarcamos amanhã para Marselha! Que felicidade encontrar você, *ma petite*! Vida nova, minha querida, vida nova!

Bela abraçou Phillipe. E chorou um choro de alívio.

— *Courage, ma petite, vas-y ! Une nouvelle vie t'attend*!

Na manhã seguinte, revigorada depois da noite no hotel de Phillipe e com o espartilho disfarçado sob a roupa nova, da sacada do quarto Bela admirou Constantinopla pela última vez.

Os delicados minaretes pareciam querer escalar ao céu no antigo coração bizantino e muçulmano da cidade. As cores e os cheiros da cidade ficariam para sempre em sua memória. O som melodioso do canto dos *muezins* chamando para a oração nas mesquitas ressoava outra vez. *Allah hu Akbar* — Alá é grande. As vozes vinham de todos os lados... todos os *muezins* cantavam a uma só voz.

Mas Bela se entristeceu. A energia do canto das mesquitas conclamando o povo para orar a fez lembrar que estava só.

Phillipe percebeu e convidou:

— Vamos tomar um café da manhã maravilhoso juntos? Revigorar suas forças?

Bela concordou em silêncio.

— Minha querida, você tem que experimentar o *menemen* — Phillipe falou animado. — Você vai adorar esses ovos mexidos que os turcos fazem melhor do que ninguém! E o café... hum — estalou os lábios — É especial! Mas não mexa com a colher... o pó fica no fundo! — E sorriu.

Chegariam ao porto de carro; o motorista já os esperava na frente do Hotel Pera Palace.

"O que teria sido de mim sem esse desconhecido?" — Bela não pôde deixar de considerar. "Sou grata."

Já era hora de dizer adeus a Constantinopla.

A preocupação de Bela era manter a família informada de seu paradeiro. Antes do embarque conseguiu enviar um bilhete por um portador, um diplomata russo conhecido de Phillipe, que estava a caminho de Odessa. Seria entregue a Nathan Blumenfeld. Dizia:

"*Tate* Nathan,

Estou bem e embarcando agora em Constantinopla com destino a Marselha. Viajo com Phillipe Georges-Picot, o diplomata francês que me entregou o seu bilhete no navio. Mantenha contato através dele no telefone e endereço abaixo. Aguardo instruções. Como estão todos vocês? As notícias que ouvimos daí são assustadoras. Mischka não apareceu até agora. Estou apreensiva. Passe essas notícias à minha mãe.

Amo vocês.

Beile."

30

Rio de Janeiro
26 de abril de 1961

— Regina, que dia é hoje?

— Segunda-feira.

— Não, dia do mês.

— 26 de abril.

— 26 de abril — Bela tamborilava com os dedos na cama, como se tentando certificar-se de uma lembrança. — Nossa! Foi isso mesmo, Regina. Hoje faz 42 anos que eu saí de Constantinopla com o Phillipe. Era *Shabes*. Eu me lembro bem... Phillipe morava com a família em Marselha. Tinha uma filha da minha idade. Eu fui lá algumas vezes depois... ficamos muito amigos. São a minha família francesa. Regina, você se lembra da Margot, não?

— Claro que eu me lembro da Margot. Ela esteve na sua casa, eu era pequena, mas me lembro de termos ido ao Pão de Açúcar... Foi a primeira vez que eu andei de bondinho.

— Pois então, Margot é a filha do Phillipe. Passei pouco mais de dois meses na casa deles. Eu ainda não sabia para onde ir. A princípio pensei que iria para a Suíça me encontrar com os Blumenfeld, mas não soube deles. As notícias de Odessa chegavam por várias fontes, em ondas de boatos. Davam a ideia de uma realidade assustadora na cidade.

— E os Blumenfeld?

— Phillipe recebeu informações, já nem lembro como, no meio daquele caos, de que Maya e Nathan se preparavam para sair de Odessa, junto com minha mãe e Anatólio. A ideia era chegarem, de barco, até uma praia no sul do mar Negro, onde pegariam um navio para Trieste. Fiquei numa alegria só! Já estávamos vendo a minha ida para Trieste para me encontrar com eles e irmos todos juntos para a Suíça...

— E...? — Regina ergueu as sobrancelhas, aguardando o desfecho da história.

— E deu tudo errado. — Bela estalou os lábios, remexendo no lençol com os dedos tensos. — Eles foram impedidos de sair. Foi uma decepção, uma grande decepção. — Bela deu um longo suspiro.

— O que aconteceu?

— O louco do Grigoriev, que tinha tomado de assalto o poder em Odessa, assinou um decreto cobrando do povo uma dívida com ele de quinhentos milhões de rublos... em dinheiro vivo! Quinhentos mi-lh-ões! — Bela frisou a soma impensável de ser paga. — Dizia que o povo lhe devia isso. E publicou o nome de todos os que eram responsáveis pelo pagamento da dívida nos jornais locais. Na lista estavam, dentre outros, os nomes dos Blumenfeld e dos Sumbulovich, pais de Mischka. Todos proibidos de deixar Odessa.

—E você teve notícias do Mischka?

— Não, nem uma palavra. — Bela sussurrou com um fio de voz.

— Não fizeram nada? Não encontraram meios de sair clandestinamente? — Regina metralhava a avó com perguntas, balançando as mãos enquanto falava.

— Ah, *meidele*, Grigoriev incitava o povo a culpar os judeus por toda a desgraça que acontecia. A violência estava incontrolável. O velho antissemitismo...

Regina continha a revolta.

— Grigoriev impediu a fuga de Odessa, principalmente dos ricos. Ninguém seria liberado antes que a dívida fosse quitada. Entre eles estavam muitos judeus. Intensificou a vigilância em todas as possíveis saídas da cidade.

— E então... o plano de fuga dos Blumenfeld com a sua família foi cancelado?

Bela fez que sim.

Dias depois, por intermédio de Phillipe, recebeu outra mensagem. "Não perca tempo. Embarque no primeiro navio que vá para o Rio de Janeiro, no Brasil. Encontre-se com Hanna. Segue endereço. A família já está avisada". O bilhete vinha sem assinatura. Concluíram que devia ser de Nathan, que não queria se identificar para não chamar atenção e correr risco desnecessário.

31

Marselha
Julho de 1919

Para Bela, a decisão de partir naquele momento, de iniciar viagem rumo ao desconhecido para se encontrar com Hanna, era a mais acertada. E a única. Não havia perspectiva dos Blumenfeld saírem tão cedo de Odessa. E a situação só se agravava. Phillipe se comprometera em conseguir bilhete em um navio para embarcar Bela com segurança rumo ao Rio de Janeiro. A travessia era longa e perigosa, e ele sabia.

Após dois anos de ausência de casa, Phillipe tentava voltar à sua rotina, pois a vida havia mudado muito durante esse tempo. A guerra havia transformado a cidade e as pessoas. A posição estratégica da cidade-porto a tornara um lugar de passagem de muitas tropas, e lugar de chegada de navios militares que traziam os feridos da Grande Guerra. Com tanta gente indo e voltando de Marselha, a gripe espanhola — uma epidemia que tomou conta de quase todo o mundo — também aportou lá e dizimou parte da população. A estatística final mostrou que oito milhões de pessoas morreram vítimas do embate da Grande Guerra, enquanto mais de quarenta milhões morreram da gripe espanhola. Entre os mortos, estavam a esposa e o filho de um amigo de infância de Phillipe, Claude Martin.

Logo que tomou conhecimento da tragédia, Phillipe se apressou a visitar Claude para prestar sua solidariedade, acompanhado da esposa, Marie, e de Margot e Bela.

Claude trabalhava na *Compagnie Maritime de Marseille* e comandaria um navio que partiria em poucos dias para a América do Sul com emigrantes e carga. Agora, depois da tragédia que se abatera sobre a família, só lhe restara a filha Daphne, que iria com ele, e juntos tentariam superar a dor das perdas.

Ao saber que o Rio de Janeiro era um dos portos de destino, Phillipe pediu ao amigo o grande favor de levar Bela em seu navio. A moça estava sozinha na França.

No dia seguinte, um telegrama seguiu para um endereço no Rio de Janeiro.

"Querida Hanna. Embarcando SS Provence. Chegada Rio 14 julho. Muitas saudades. Beile"

Phillipe, Marie e Margot acompanharam Bela e a família Martin ao porto. O movimento de carga e de pessoas era incessante. A cidade ainda se recuperava da guerra.

— Não se preocupem, deixaremos Beile em segurança no Rio de Janeiro. — Claude falou, envolvendo Daphne em seus braços de modo afetuoso. A garota concordou com um aceno de cabeça e esticou a mão para Bela: — Então, vamos, minha companheira de viagem?

Naquele momento o silêncio foi mais forte do que as próprias palavras. Bela abraçou Phillipe. Não conseguiu conter a emoção. "*Un gros gros merci, eternellement merci*", ela sussurrou.

Claude, Daphne e Bela subiram as escadas do navio. O apito anunciou a partida. Os passageiros acenavam do convés. A Europa, mais do que Marselha, começou a ser deixada para trás.

32

No mar, a caminho do Brasil
Julho de 1919

Os aposentos do comandante eram bastante confortáveis, e até mesmo luxuosos. Bela e Daphne se alojaram em uma cabine próxima, reservada para oficiais graduados, com duas camas, armário amplo, penteadeira e um pequeno sofá. Tinha até um banheiro completo. Era uma realidade muito diferente da que Bela vivera na saída de Odessa. Ela levava o espartilho com vários brilhantes e ouro, e o deixara aos cuidados de Claude. Tudo indicava que estava na reta final para começar uma nova vida. Espantou os pensamentos quando se lembrou de Mischka... o que teria acontecido com ele? Por que ele a abandonara? Não quis pensar. Seguiria em frente.

A viagem, embora longa, foi razoavelmente tranquila para ela. Tinha o benefício de estar aos cuidados do comandante do navio. A maioria dos passageiros viajava na terceira classe em ambientes superlotados e com precárias condições sanitárias a bordo. A proliferação de doenças contagiosas nos porões mal ventilados era uma constante. Além dos habituais surtos de piolho, havia também incidência de sarampo e cólera.

Claude havia pedido a Daphne e Bela que não descessem aos deques inferiores. Todo cuidado era pouco. Mas a curiosidade das jovens falou mais alto. As duas circularam por toda a embarcação.

Bela encontrou emigrantes com vidas suspensas como a dela. A extenuante demora da chegada provocava medo. Não era incomum haver mortes na travessia. O navio se tornava palco do drama. A viagem, momento definitivo da separação.

Numa noite, ao jantar, o comandante Claude comentou a tristeza de uma família que acabara de perder mãe e filho, um bebê de menos de um ano. Caberia a ele emitir os atestados de óbito.

— Quem eram? — Daphne perguntou, curiosa.

— Uma família judia russa.

— E o que fazem com os corpos? — Bela quis saber.

— Temos que dispor dos corpos no mar, Bela.

— Jogar ao mar? — Bela ficou horrorizada.

— Sim, querida. Há grande perigo de transmissão de mais doenças se os mantivermos a bordo. Não temos geladeiras apropriadas para os corpos. É imperativo evitar o contágio do resto dos passageiros.

No dia seguinte, Bela e Daphne fizeram questão de acompanhar o comandante na cerimônia de despedida. Em silêncio respeitoso, as pessoas se aglomeravam ao lado dos corpos para prestar sua última homenagem. Enrolados em um pano branco como estabelece a tradição judaica, foram colocados juntos dentro de um único saco grosso de lona preenchido com pedras para fazer peso e facilitar a submersão. Fora o último pedido da mãe: ser enterrada segurando o seu bebê, que havia morrido poucas horas antes dela.

Só se ouviam as ondas do mar batendo contra a embarcação... e o som da dor. Nem uma palavra. Até que o saco com os corpos foi disposto sobre uma tábua de madeira inclinada na amurada do convés e o marido e pai entoou as primeiras palavras do *Kadish*, a oração dos mortos. Os companheiros de travessia se uniram, em uma só voz. E os céus ouviram. Raios e trovões bradaram alto, enquanto o saco deslizava pela prancha, cortando suavemente o mar. Uma forte chuva caiu. Os corpos foram submergindo até sumirem de vista.

"Reza uma lenda judaica que, quando há chuva forte em um enterro, é sinal de que os céus estão dando as boas-vindas aos que chegam". Bela se lembrou logo das palavras da mãe.

As pessoas buscaram abrigo dentro do navio. O pai da criança ficou, por um bom tempo, com um olhar perdido no oceano. Bela também não se incomodou com a chuva. Ficou imaginando quantos sonhos aquela tragédia havia interrompido... quantas interrogações não se passavam por aquela aparente ausência. Bela se lembrou da dor da perda. De seu pai, de seu avô... A morte era muito dura. Seca. Difícil. Mas, era real. Como real era a vida que a esperava na nova terra. Rezou em voz baixa o *Kadish* e entrou.

33

Rio de Janeiro
Segunda-feira, 14 de julho de 1919

O dia estava amanhecendo quando o comandante Claude Martin reuniu sua equipe e alguns passageiros no convés do *Provence* na chegada ao Rio de Janeiro. Após duas semanas de travessia no Atlântico, chegaram ao destino em um dia marcante: os 130 anos da Queda da Bastilha, da Revolução Francesa. Cantaram a *Marseillaise*, o hino que brada a liberdade do povo da França. Era a esperança de todos que desembarcariam para a nova vida: Liberdade. "A Revolução Russa está só começando" — Bela pensou com tristeza — "curiosamente com a mesma *Marseillaise* cantada lá".

O relógio marcava 6h18 quando o *Provence* jogou âncora no porto do Rio de Janeiro. Bela já estava pronta e ansiosa, no convés. Lembrou-se de seu pai, que sempre dizia: "O que vai te acontecer está escrito no livro que o vento da vida vai folheando ao acaso". Bela ficou imaginando o que estaria escrito nesta página nova agora.

Procurou Hanna na multidão. Não conseguia encontrá-la. A sensação de insegurança não durou nem um minuto: Bela logo a avistou, junto aos pais e o irmão. Acenaram com alegria.

— Chegamos, querida. Vamos? — O comandante Claude estendeu-lhe a mão, mostrando o caminho. Havia afeto na relação que construíram ao longo da travessia. Desceram juntos as escadas do navio. Um marinheiro se encarregou da mala de Bela.

Hanna veio correndo ao seu encontro. Abraçaram-se com carinho. Bela acariciou o rosto da amiga e finalmente chorou.

— Vamos ficar juntas outra vez, viu? Você vai gostar daqui, eu garanto! — Hanna não continha a alegria. Estava mesmo feliz de rever a amiga.

O cenário mudara, mas o sentimento das duas era como se estivessem em Odessa, em Moldavanka. Fazia muito tempo que Bela não escutava ou falava ídiche. Sentiu-se acarinhada, em casa.

Bela despediu-se de Daphne com lágrimas nos olhos.

Em seguida voltou-se para o comandante. Não tinha como agradecer. Ela estava em segurança no Rio de Janeiro. Uma nova vida a esperava. Beijou-lhe a face.

— Vamos para casa? — Hanna perguntou. — Mamãe preparou para você um bolo de mel maravilhoso!

34

Rio de Janeiro
Sábado, 1º de maio de 1961

O dia mal clareara e Regina já estava no hospital com um bolo ainda morno, na forma.

— Você falou no bolo de mel, e eu decidi fazer para a gente comer no café. Quer provar um pedacinho agora? Vamos ver se eu acertei dessa vez. E me conta mais histórias. Quero saber de tudo!

Bela pegou um pedaço de bolo. Saboreou.

— Está uma delícia esse *honek leiker, meidele*. Herdeira oficial da receita, seu novo título! — Regina ficou feliz com o aval da avó.

— Sabe, Regina, apesar de tudo, tive muita sorte. Só encontrei pessoas maravilhosas na minha travessia.

— E como foi depois que você chegou aqui no Rio?

— Fui morar com a família da Hanna na Praça Onze. Dois anos depois casei com o seu avô Moishe e em seguida ele conseguiu trazer sua mãe e a minha, junto com o Anatólio, meu irmão... e o resto da história você conhece. Tivemos anos difíceis no começo, mas a vida foi muito boa.

De súbito, Bela silenciou. Embora seus olhos parecessem pousados na janela, na realidade já não olhavam mais para nada concreto. Vagavam apenas sobre o passado. Regina respeitou o silêncio da avó, permanecendo calada.

De repente, Bela começou a balbuciar.

— E o Mischka nunca mais... — ela falou, balançando a cabeça — nunca mais. É só uma lembrança que carrego comigo. Não consigo deixar de pensar... Para onde ele foi? Para onde? — Bela balbuciava, empalidecendo, tremendo de frio.

Regina se aproximou da avó, segurou sua mão. Bela começou a delirar, confusa, alheia, com a expressão fixa no teto. Segurou a cabeça com toda a força e gemeu de dor. Regina correu para a porta, chamou por socorro e voltou para o lado da avó. Pegou mais cobertores e a cobriu. Abraçou-a, acariciou- lhe o rosto.

O plantonista chegou em seguida. A pressão estava alta, e a dor de cabeça havia voltado com intensidade. As reações de Bela despertaram suspeitas. O cirurgião foi chamado, a família convocada. Em pouco tempo estavam todos no hospital.

O médico julgou prudente uma nova intervenção para se certificar de que não tinha ocorrido uma recidiva do hematoma. O caso estava se agravando. Bela não estava bem. A família autorizou de imediato.

Regina, inconformada, andava de um lado para o outro.

— Eu não tenho boas notícias —, disse o cirurgião, saindo da sala, ar preocupado. — O coágulo se refez, está comprimindo o cérebro, causando a dor de cabeça e os delírios. Dona Bela estava reagindo tão bem, mas essa é uma complicação possível em um quadro como o dela. A artéria deve ter se rompido em outro ponto. Vamos ter que abrir outra vez

— Mas... outra cirurgia, em tão pouco tempo? É arriscado! Não há outro meio, doutor? — Regina questionou, desolada.

— Infelizmente, não. Arriscado é não intervir. Houve um ressangramento. É preciso drenar outra vez.

— Outra vez? — Regina mordia as unhas.

O médico calou-se por alguns segundos e continuou em seguida.

— No caso dela, não temos opção. Vamos prepará-la e operamos amanhã de manhã bem cedo.

Quando Bela voltou ao quarto já estava sem dor. Tomou conhecimento da cirurgia que aconteceria na manhã seguinte. Recebeu a notícia com placidez.

— Passa a noite comigo, *meidele*?

— Claro, vó, como recusar um convite desses?

35

Rio de Janeiro
Domingo, 2 de maio de 1961

O dia mal começara a amanhecer quando Bela olhou para o lado e viu Regina na poltrona. Sorriu, satisfeita. A noite tinha sido intensa, maravilhosa. Revivera tanta coisa... A cirurgia seria em poucas horas. Não sentia medo.

— Conseguiu dormir? — Regina disse, dando um beijo na avó.

Bela nem respondeu.

— Me faz um favor, querida? — Bela falou apontando para o armário.

Bela pediu que Regina pegasse uma bolsinha na gaveta. Dentro havia um anel e uma aliança de brilhantes que ela tirara ao chegar ao hospital. Foram presentes de Moisés, que ela nunca deixara de usar.

— Sente-se aqui na beirada da cama, *meidele* — Bela bateu no colchão ao seu lado. — Você lembra que a Maya me vestiu com um espartilho cheio de brilhantes, ouro e dinheiro na noite da minha fuga de Odessa?

— Claro, vó. Foi o seu passaporte para a liberdade.

— Foi... — Bela falava mexendo na bolsinha, acariciando a maciez do veludo. Parecia relembrar aquela noite que guardava no fundo da memória. — Logo depois de nos casarmos eu ainda tinha o espartilho com algumas pedras que restaram. Moishe me pediu as pedras. Eu me surpreendi, achei estranho. — Bela abriu um largo sorriso. — Ele percebeu e disse que cuidaria de mim, que as pedras não eram mais necessárias, a não ser para eu mantê-las sempre como a lembrança dos Blumenfeld — e de um tempo que ficara para trás. Coube a um joalheiro amigo, o Branca, fazer o anel solitário com a pedra maior e a aliança de brilhantes com as que restaram. Iguais aos que Maya usava. São esses aqui! — apontou para as pedras dos anéis. — Eu nunca os tirei do dedo. São o meu símbolo de amor e liberdade. Que é o que a gente precisa na vida.

Como um ritual, Bela pôs primeiro os anéis no próprio dedo, em seguida, no dedo da neta.

— Vó! O que você está fazendo?

— Agora, *meidele*, são seus. Você se torna a herdeira da minha história... Nossa história.

— Eu cuido deles até você voltar da cirurgia, e aí você torna a colocar no seu dedo, combinado? Eu nunca te vi sem eles!

Bela não respondeu. Apenas sorriu.

O maqueiro chegou, e Bela estava cercada pela família. Enquanto a preparavam para seguir para o centro cirúrgico, Regina deixou o quarto e foi para o corredor. Não queria que a avó a visse chorando.

A maca passou ao seu lado. Bela pediu que parassem. Chamou Regina. Ela disfarçou, secou os olhos, debruçou-se sobre a avó, beijou-a com amor, afagou-lhe o rosto.

— Vó... — A voz, embargada, mal saía — Vó... — Não tinha o que dizer. Sentiu-se impotente perante aquela fortaleza que era Bela.

— *Meidele*, não fique triste. "Sempre que choveu, parou", vai ficar tudo bem. — Regina repousou a cabeça sobre o peito de Bela.

Bela acariciou seu cabelo e beijou-lhe os olhos.

— Vá confiante em direção aos seus sonhos, *meidele*, vá viver a vida que você imaginou. Você pode! — Bela sussurrou, piscando um olho para a neta. — E jamais se esqueça, minha *meidele*: impossível é só o que você não tentou.

Beijou a neta outra vez e em seguida tocou o braço do maqueiro para que seguissem em frente.

Regina foi para o quarto. Sozinha, sentou-se no chão abraçando as pernas, em um canto de frente para a janela por onde Bela vira a vida passar no último mês. Pensou nas vidas e nos sonhos que se cruzaram naquele lugar. A árvore, já desfolhada, encostava seus galhos secos no vidro. "Que vida extraordinária vovó viveu. Ela tem razão, compreender o mundo requer que se mantenha uma certa distância dele". Repousou a cabeça sobre o braço e fechou os olhos.

Os trovões anunciaram a chuva forte. Regina fixou o olhar no vidro onde a água, abundante, já escorria. Ela sentiu que era a despedida. Os céus dariam as boas-vindas à Bela. A última folha do galho se soltou e colou na janela.

Trinta e cinco anos depois...

36

Rio de Janeiro
2 de maio de 1996

Albert não estranhou quando a mulher colocou o tênis e saiu para uma corrida ao amanhecer. Era hábito, ela fazia isso todas as manhãs. Naquele dia, no entanto, não conseguiu correr. Foi direto para o Arpoador e se sentou na Pedra.

Os primeiros raios do sol davam o tom vermelho à água. Regina aproveitava a vastidão da praia e do mar, sozinha, para organizar seus pensamentos. Sentiu a brisa fria tocar o seu corpo. Pegou o moletom e vestiu. Lembrou-se com saudade. Trinta e cinco anos... Trinta e cinco anos daquele 2 de maio que levou a avó. Quantas histórias incríveis Bela lhe contara. Levantou a mão esquerda. A aliança e o anel permaneciam do jeito que a avó os tinha colocado naquele ritual de passagem antes de entrar na cirurgia. O tempo voara.

Regina estava agitada, surpresa. A noite anterior não saía da cabeça. "A vida prega peças na gente... Justo no aniversário de morte da vovó Bela, será coincidência? Eu não acredito em acasos... o que significa isso?"

O namorado de Natasha, sua filha, chegara com revelações que ela jamais poderia acreditar. Os caminhos da vida que não se explicam.

Lembrou-se da trajetória da filha. Fazia cinco anos que Natasha se mudara para San Diego, na Califórnia. Completara seu MBA e decidiu ficar um tempo trabalhando por lá, "para ganhar experiência" — disse.

Regina sorriu. Estava vivo em sua memória o dia em que recebeu o telefonema da filha, exultante, comunicando que tinha sido escolhida em uma rigorosa seleção para trabalhar na filial da Cohen & Cohen em São Francisco, uma importante empresa de Wall Street. Eles cuidariam da documentação para o visto de trabalho. Faria a mudança de pronto. Disse que a mãe não se preocupasse, não precisaria se deslocar só para isso, tinha pouca coisa para embalar, ela mesma cuidaria de tudo.

"Eu não me preocupar? A empresa se incumbiria de conseguir o visto? Então isso significava que não tinha intenção de retorno ao Brasil?"

Regina tinha sentimentos ambíguos... Estava feliz pelo sucesso profissional da filha, mas era difícil conviver com a distância.

Há três meses Natasha surgira com outra novidade. Tinha conhecido Richard Cohen, o presidente da empresa. Estava eufórica. Faziam planos de morar juntos em Nova York, onde ele vivia. Regina se viu com a preocupação de qualquer mãe. Havia se questionado se não fora uma atitude precipitada, só três meses e já se mudando para morar junto... Presidente da empresa, dez anos mais velho do que a filha. Imaginara que teria tantas perguntas a fazer sobre o futuro genro, e, no entanto, a vida a estava surpreendendo. Tudo ficara menor depois da noite anterior.

Regina se lembrou da sequência de acontecimentos no jantar.

Natasha viera para uma estadia-relâmpago, ansiosa para apresentar Richard aos pais. Queria compartilhar as novidades em pessoa. Continuaria a trabalhar na Cohen & Cohen, só que na matriz em Nova York, de onde Richard dirigia a empresa. Diferente dela, ele não tinha parentes, além de um avô que Natasha ainda não tinha conhecido. Perdera os pais quando era pequeno.

O pensamento de Regina voou para a sala do piano em casa. Conversavam enquanto servia um café depois do jantar. Natasha dedilhava o piano de cauda. Richard se aproximou. Ela fez espaço para ele se sentar. Lembrou quando Richard passeou o olhar por sobre o piano e se deteve nas fotografias dispostas em porta-retratos. Segurou uma das fotos, que analisou com atenção. Fechando os olhos Regina podia ouvir, mais uma vez, ele dizer: "Eu conheço essa mulher". Foi pega de surpresa. "Era a namorada do meu avô Michael, quando jovem em Odessa". Richard a reconheceu porque a vira num retrato antigo na casa do avô em Nova York. Na fotografia ela estava com Michael e os pais dele. Era a única foto que o avô trouxera da Rússia, única lembrança da família.

A xícara que Regina segurava acabou se espatifando no chão, enquanto ela só podia sussurrar: "Essa é Bela, minha avó. E você... seu avô é Michael...meu Deus! ... Você é neto do Mischka?"

Regina se levantou, bateu a areia da calça e pensou antes de ir embora: "É, vovó Bela, você queria tanto saber do seu Mischka, agora parece que nós o encontramos".

Michael

37

Nova York
Maio de 1996

Michael não se admirou quando Richard telefonou logo que voltou da viagem convidando-o para jantar. Queria apresentar a namorada. O neto era assim desde pequeno. Gostava das surpresas e de surpreender. Estaria pronto às sete.

Richard fora morar com os avós quando tinha cinco anos, após a perda dos pais em um acidente de carro. A avó acabou morrendo menos de um ano depois — não suportou a dor da ausência da única filha. Para Michael, a presença do neto fora uma benção em sua vida. Acompanhou de perto o seu crescimento. Tornaram-se grandes companheiros. Na volta de Yale, Richard foi morar sozinho, mas permaneceu perto do avô. Quando ele se aposentou, o neto assumiu a presidência da Cohen & Cohen. Visitava regularmente todas as filiais da empresa. Numa dessas viagens conheceu Natasha no escritório de São Francisco.

Quando Michael soube, ficou radiante. No íntimo, torcia para que essa moça de nome russo fosse mesmo o encontro do neto com uma parceira para a vida. Aos quase cem anos, a morte não o assustava. Só não queria morrer sem ver o neto com família formada. Quem sabe ainda teria tempo de conhecer um bisnetinho?

Decidiu caminhar um pouco pelo Central Park com Garcia, seu fiel escudeiro, misto de acompanhante, guarda-costas e motorista, com ele há mais de vinte anos. Na *delicatessen* que frequentava desde sempre, fez umas comprinhas para o neto. Mais tarde estariam juntos, mas Michael cedeu ao impulso de deixar as sacolas no apartamento. Como Richard, ele gostava das surpresas e de surpreender.

Assim que Michael e Garcia alcançaram o prédio, o porteiro fez menção de avisar Richard. Mas desistiu quando Michael foi direto para o elevador. Com pressa, cheio de saudades, queria chegar sem avisar.

Ao deparar-se com o avô e Garcia, atônito, Richard só conseguiu dizer:

— Vovô!

Ainda não estava preparado para falar com ele.

— Você não está feliz em me ver? — Michael fez graça, já esticando os braços para abraçar o neto.

— Claro que sim, que surpresa agradável! — Richard beijou o avô. — Vamos entrando. Estou com saudades!

— Eu também, senti bastante a sua falta. — falou Michael, dando o braço para o neto. — Passei na Zabar´s. Acabei trazendo umas coisinhas.

— Você sempre cuidando de mim... — O rapaz abraçou o avô com carinho.

A noiva, que tomava café com Richard, se levantou prontamente. "Então esse é o célebre Mischka" — pensou.

— Vovô, essa é a Natasha.

— Bom dia, senhor Cohen. Muito prazer em conhecê-lo.

— Então esta é a famosa Natasha que conquistou meu neto? — falou de forma afetuosa.

Michael ficou satisfeito de ver o carinho entre o neto e a moça. Prestou atenção nela. Era muito bonita. Enquanto Richard também lhe preparava um café, ele a observava. Ambos trocaram olhares sem se falar.

— Você me lembra muito alguém. — Mischka emocionado, com olhos marejados, se desculpou.

— Sei quem é. Eu lembro muito a minha bisavó Beile.

— Beile? — olhou Natasha estarrecido. — Beile... sim...Beile... — Mischka sussurrou, comovido. — E como ela está? — Um brilho tomou o rosto de Mischka.

— Minha bisavó já faleceu... Faz mais de trinta anos. Eu não cheguei a conhecê-la.

— Mais de trinta anos? Tão jovem? — o tom era calmo, mas não escondia a tristeza.

Richard chegou com o café.

— Não é fantástico eu ter me apaixonado pela bisneta da sua namorada lá de Odessa, vovô?

Richard então contou a incrível descoberta feita na casa dos pais de Natasha.

Michael ouviu a história sem dar uma palavra.

— Senhor Cohen ... posso chamá-lo de Mischka?

— Há quanto tempo ninguém me chama de Mischka — ele balançou a cabeça, beliscando o queixo. — Mas claro que sim, Natasha. Acho que nunca deixei de ser Mischka mesmo... — As lembranças invadiram seu pensamento. Parecia resgatar na memória a imagem de Bela.

— O senhor se lembra bem dela? Vocês eram jovens quando se separaram, não?

— Sua bisavó foi o primeiro amor da minha vida.

— E ela se lembrou do senhor o tempo todo em que esteve internada, antes de morrer. Queria saber por onde o senhor tinha andado. Não teve notícias suas desde que saiu de Odessa. E morreu sem ter uma resposta. Acho que devia ter saudades.

Michael parecia surpreso. Então Beile não tinha se esquecido dele, até o fim da vida?

— Minha mãe me contou algumas histórias. Agora, uma coisa eu não entendo. Se vocês se amavam tanto, por que o senhor não acompanhou a minha bisavó quando ela fugiu de Odessa? Por que não embarcou com ela?

Michael levou um tempo processando a pergunta. Fragmentos de memória sendo despertados, como peças de um quebra-cabeça que dançavam à sua frente. Quase oito décadas de história... quantas verdades não ficaram perdidas entre as dobras do tempo? Fechou os olhos para ver melhor. E repetiu, preparando-se para responder.

— Por que eu não embarquei com a Beile?

38

Petrogrado
Julho de 1917

A estação ferroviária de Odessa estava apinhada de gente com caixas, caixotes e malas por todos os lados. As pessoas se empurravam. O calor do verão de julho fazia com que o ar ficasse pesado. Um cheiro asqueroso pairava no ar. Yetta se desviou dos corpos sujos que se arrastavam pela plataforma de embarque, levando um lenço ao nariz. Pensou que seu filho também poderia ficar naquela privação de higiene em pouco tempo. Ela e David, inconformados com a decisão de Mischka, nada mais tinham a fazer a não ser rezar para que tudo corresse bem. O rapaz estava fascinado com o que ouvia sobre Lenin. Decidira ir ao seu encontro, engrossar fileiras. Queria fazer parte da nova história que se escrevia da Rússia.

O tempo passava e nada de o trem aparecer. Só Mischka não se cansava. Quando a composição anunciou sua chegada, ele foi logo pegando a mala. Yetta lhe entregou uma sacola com provisões. Pelo menos, de fome e sede não padeceria na viagem. Abraçou-o com tanta intensidade, afagou sua cabeça... seu menino... O medo, que não ousara sentir antes, se manifestava de forma arrebatadora. Seu filho,

149

o único que pôde ter, indo ao encontro da... Não! Nem se permitia pensar nisso. Beijou-o carinhosamente e pediu-lhe que se cuidasse bem. E que voltasse inteiro, logo.

Mischka parecia alheio aos perigos que todos pressentiam. Despediu-se de Bela, dizendo o quanto a amava. Inconsolável, entre lágrimas, a namorada prometeu esperá-lo o tempo necessário. E selaram o acordo com um beijo.

David abraçou Mischka com o coração apertado. Segurou seus braços com firmeza e, olhando-o profundamente nos olhos, disse: "Meu filho, jamais se esqueça de que você é um judeu".

Mischka iria se lembrar disso anos depois.

39

Era um sábado, 14 de julho, mas o Império Russo teimava em se ater ao calendário juliano, o qual indicava oficialmente primeiro de julho. Já fazia trezentos anos que o restante da Europa usava o calendário gregoriano moderno, mas só em novembro do ano seguinte a recém-formada República Socialista Federativa Soviética da Rússia o adotou.

Após uma longa e extenuante viagem, dividindo espaço com galinhas cacarejando confinadas em caixotes de madeira, homens malcheirosos, ansiosos por um futuro, e soldados feridos voltando para casa, Mischka chegou a Petrogrado, da mesma forma que seus pares: esgotado, imundo, destruído, mas feliz.

Rumou direto para a residência do Dr. Isaak Krivorsky, seu tio e grande amigo de infância de seu pai.

O elegante palacete evidenciava a posição de destaque do doutor.

Depois de um bom banho, troca de roupa, uma refeição quente e uma noite de sono em uma cama confortável com lençóis macios, Mischka resgatou sua dignidade. O médico prometera mostrar-lhe a cidade, embora houvesse tumulto em muitas áreas. Levara a sério a missão de cuidar do sobrinho, cuidar dele como de um filho.

No dia seguinte, logo após o jantar, Dr. Krivorsky sugeriu um passeio de carro. Mostraria um pouco da Petrogrado daqueles tempos estranhos de guerra. Mischka assentiu na mesma hora, animado com a ideia.

O telefone tocou quando os dois já se preparavam para sair. Aniushka, a empregada da casa, atendeu.

— Está aqui mesmo. Já chamo. Um momento, senhora, por favor. — Aniushka respondeu fazendo sinal para o doutor que já estava na porta, chapéu na mão. — É a senhora Yelizarov para o senhor, doutor.

Krivorsky franziu o cenho e pegou o telefone, levando uma das peças ao ouvido e segurando a outra junto à boca.

— Anna, o que houve? Em que posso ajudá-la? — Ouviu por uns segundos e respondeu. — Não demoro nem dez minutos para chegar aí, não se preocupe. Diga a ele para se deitar e me aguardar. Já estava mesmo de saída. Até logo, minha cara.

O médico comunicou a Mischka que eles iriam dar uma parada no caminho para ver um doente, coisa rápida. Não deveria mesmo demorar. Ele aguardaria no carro e depois seguiriam com o plano inicial.

Chegaram à Rua Shirokaya. O doutor parou o carro. Foi só tirar a chave da ignição e avistaram sujeitos estranhos, mal-encarados. Krivorsky suspeitou serem arruaceiros ou possíveis espiões. Naquela época não se podia confiar em ninguém. Aquela rua havia sido uma das melhores de Petrogrado, e agora estava tomada por bêbados e prostitutas. O médico pegou sua maleta, virou-se para Mischka e determinou:

— Venha comigo, Mischka. Não faça contato visual. Não olhe para ninguém, vamos.

Mischka saiu apressado, acompanhando os passos largos do médico.

— Lá em cima, calado! — ordenou Krivorsky.

Mischka aquiesceu, mas preocupado, sem entender direito o que se passava.

Anna Yelizarov atendeu à porta, cumprimentou o médico, que lhe apresentou o sobrinho de Odessa. Mischka observou a senhora, de seus cinquenta anos, com os cabelos grisalhos repartidos no meio. Percebeu tensão em seu olhar.

— Entre, doutor, ele está no quarto. — Anna disse, apontando o caminho.

— Você aceita um chá? — ofereceu enquanto indicava o sofá para Mischka se acomodar na sala.

— Não, senhora, muito obrigado. — Mischka observava tudo, quieto.

Isaak Krivorsky estava no quarto com o paciente quando, minutos depois, ouviram fortes batidas à porta. Anna correu para atender.

— Ele está aí? — Mischka ouvia uma voz ofegante de homem sem que pudesse lhe ver o rosto.

— Está, Grigori. Por quê? — Anna respondeu ansiosa.

— Emitiram mandados de prisão contra ele, Zinoviev e Kamenev.

— Como você descobriu? — Anna indagou, fazendo-o entrar e trancando a porta.

— Um camarada do Ministério da Justiça me disse.

— Volodya! — Anna entrou em direção ao quarto chamando pelo irmão. — Ande! Venha logo aqui!

Dr. Krivorsky apareceu acompanhando Lenin. Mischka mal pôde acreditar quando o viu. Era mesmo Vladimir Ilyich Ulyanov? Passado o espanto inicial, se surpreendeu ao ver que Lenin não era nem alto nem musculoso como o imaginara. Via à sua frente uma pessoa franzina, baixa, vestindo um terno puído, camisa de colarinho e gravata. Aliás, Mischka notou, nos meses seguintes, que ele só usava essa roupa.

Ao tomar conhecimento da ameaça de captura, Lenin comunicou:

— Vou embora agora mesmo. Você tem um carro, Grigori? — perguntou ao homem que lhe dera a notícia.

— Sim, vamos. Rápido!

— Dr. Krivorsky, fique com Anna. Eles não tardam em chegar. Com o senhor aqui eles não farão nada com ela. — Lenin, preocupado com a irmã, colocou o chapéu às pressas e se dirigiu à porta.

— Espere! — disse o Dr. Krivorsky, tirando um vidrinho de sua maleta — Leve estes comprimidos, Ilyich. Tome um a cada oito horas. Depois daremos um jeito de encontrá-lo.

Lenin pôs o remédio no bolso do paletó, agradeceu e saiu com o companheiro que veio resgatá-lo.

Foi o tempo suficiente para entrarem no carro quando avistaram um grupo de homens saindo de um prédio na calçada do outro lado da rua. Alguns estavam em uniformes de oficiais do exército, outros de terno. Tudo indicava que haviam errado de prédio e estavam à procura de Lenin.

— Companheiro Lenin, — disse Grigori — eles estão em busca de Zinoviev e Kamenev também.

— Volte e fale com Anna. Ela sabe onde eles estão e vai alertá-los. — Lenin ordenou.

Saga de uma família judia na Revolução Russa

— Ela já foi avisada. — Grigori respondeu em voz baixa, respeitoso.

— Bom trabalho, camarada, bom trabalho. Agora toque em frente!

Mischka procurava ligar os fatos. Então...Dr. Krivorsky está com os bolcheviques... — alinhavava os pensamentos quando, uma vez mais, bateram muito forte à porta.

Anna fez sinal que todos ficassem tranquilos, sentados onde estavam. O marido e o enteado, antes em seus quartos, já haviam se juntado a eles.

— Quem é? — Anna perguntou com a voz suave.

— Polícia! Abra! Abra! — do outro lado gritavam esmurrando a porta.

Anna abriu cada ferrolho com vagar. Queria dar tempo do irmão se afastar. Cada movimento era pensado. A vida a tinha treinado para isso. A porta era pesada o suficiente para aguentar os coturnos chutando-a com brutalidade.

— Abra! Abra imediatamente! — A porta estremeceu com os chutes violentos.

Mischka percebeu o corpo de Anna enrijecido com a violência da cena. Ela se desequilibrou quando um outro pontapé na porta sacudiu o piso. Mischka, por instinto, correu para ajudá-la. Com a porta finalmente aberta, mal conseguiram sair da frente. O bando de homens invadiu a sala, olhando para Dr. Krivorsky e Mischka, que retornou ao seu lugar. Anna ficou impassível.

— Onde ele está? — O comandante falou aos gritos.

— Ele? Ele quem? — Anna perguntou com a voz suave.

— Lenin! Onde está Lenin?

— Desculpe, senhor, mas meu irmão não mora aqui. Eu moro com meu marido — apontou para Mark — e com Gora, meu enteado — mostrou com a mão.

— E quem são esses? — questionou com rispidez.

— Meu médico.

— E esse aí? — apontou para Mischka com desdém.

— Seu motorista. O doutor já não consegue mais dar conta do carro, sabe como é, a idade, os olhos se cansam, e... — O comandante a interrompeu de forma grosseira.

— E o que me importa isso, velha! Homens, vasculhem a casa.

Três soldados dirigiram-se para o corredor em direção aos quartos. O barulho das botas reverberava na madeira do chão.

— Procurem por todos os lados. Ponham tudo abaixo se for preciso.

— Alto lá! Não será preciso. — Dr. Krivorsky, se levantando e aprumando os ombros, falou em tom grave. — Lenin não está aqui.

Os soldados paralisaram.

— E se você tiver algum problema com o seu superior, diga a ele que o doutor Isaak Krivorsky foi quem lhes garantiu isso. E... não destruam a casa da senhora. Eu não gosto de arruaça. Aliás... qual é o seu nome? Comandante...? — e deixou reticências com a pergunta no ar, encarando o oficial. — Acho que o Primeiro-Ministro Kerenski não vai gostar nada do que está se passando aqui.

O comandante do grupo calou-se. Os homens olharam para o médico, vistoriaram a casa de modo apressado e saíram em seguida.

Naquele momento, naquele lugar, Mischka teve certeza de que estava do lado do poder.

40

Era inquestionável o prestígio conquistado pelo Dr. Isaak Krivorsky na sociedade em geral e no partido.

Filho único de mãe judia e pai ortodoxo russo, Krivorsky seguira os passos do pai médico.

Ilya Vasylyevich Krivorsky foi presidente da Academia Médica e Cirúrgica e cirurgião da Corte Imperial Russa. Transformou a Academia Médica Militar de São Petersburgo no maior centro de referência médica e de pesquisa científica do país. Foi onde se graduou com honras, fez o doutoramento, tornando-se professor, e por fim, Diretor Geral.

Isaak Krivorsky casou-se com a irmã de Yetta, mãe de Mischka. Perdeu a esposa para a tuberculose muito cedo. Não tiveram filhos, ele não voltou a se casar e dedicou-se inteiramente à Medicina.

Circulava com naturalidade em todas as rodas. Devido à reputação do pai, privou desde cedo da intimidade da corte. Tornou-se confidente e médico de Nicolau antes mesmo de ele se tornar czar. Foi nessa época que o futuro monarca lhe segredou seu amor proibido. Dr. Krivorsky o ouvia com interesse e procurava orientar o jovem.

Era prática da família real que os herdeiros solteiros se relacionassem com atrizes e dançarinas antes do casamento para obterem experiência na vida sexual. Quatro anos antes de assumir o trono, Nicolau manteve uma intensa relação com sua "Pequena K", como afetuosamente chamava a bailarina Matilda Kshesinskaya, estrela do Teatro Mariinsky, em São Petersburgo. Dr. Krivorsky logo percebeu que Matilda era uma mulher muito ambiciosa, que sabia o que queria e sempre usava suas conexões com sabedoria. Mas Nicolau não conseguia vislumbrar o perigo. Com personalidade fraca, acabou sendo convencido a deixar a amante e se casou com a voluntariosa Alice de Hesse e Reno, da corte alemã. Confidenciou ao médico que nunca tinha pensado que dois sentimentos idênticos, dois amores ao mesmo tempo, pudessem ser compatíveis com uma única alma. Por algum tempo Dr. Krivorsky teve que administrar as consequências do triângulo amoroso que a germânica Alice, agora Alexandra Feodorovna, czarina de Rússia, concordara em protagonizar com a Pequena K e o débil Nicolau.

O czar teve até, a seu modo, um casamento feliz, embora, em vários momentos, tenha expressado o desejo de abdicar do trono e ficar com Matilda. Mas, graças à influência do médico, não teve força para fazê-lo e separou-se definitivamente da bailarina. Mesmo com toda a discrição do médico — característica que o marcou — o fato não era um segredo da dinastia Romanov. Toda São Petersburgo conhecia a relação de Nicolau e Matilda, e alguns ainda eram condescendentes, por entender a difícil escolha entre o amor e o dever.

Nicolau mostrava-se vulnerável, indeciso e, por vezes, muito descontente com suas obrigações oficiais. Por ocasião do assassinato de um controverso membro do Gabinete, o czar pediu ajuda ao médico, que o atendeu prontamente: embalsamou o corpo e atestou o óbito por apoplexia. Evitou-se assim uma crise institucional antes que a notícia chegasse à aristocracia.

A retribuição pela solidariedade e o reconhecimento vieram através do título de cirurgião-real do czar. Além de um generoso pagamento mensal e uma bela mansão à beira do Rio Neva.

Dr. Krivorsky trabalhava incansavelmente no hospital. Foi lá que conheceu Vladimir Ilyich Ulyanov e Nadezhda Konstantinovna Krupskaya e acabou se envolvendo com a causa bolchevique e sua cúpula. Continuava circulando nos salões do Império, mas atuava nos bastidores do movimento proporcionando cobertura médica. Era o profissional mais qualificado e reconhecido na cidade. Respeitado e festejado por todos, pobres e membros do alto escalão o tinham como ídolo.

41

Na manhã seguinte, Krivorsky tomou o café no jardim da casa com Mischka. Embora cedo, o calor já era intenso. Conversavam. O anfitrião quis saber por que o rapaz viera para Petrogrado. Tentava entender a real motivação do jovem sobrinho. Explicou-lhe que a revolução não era uma brincadeira, e que se ele quisesse participar, teria que se preparar.

— Você está pronto para ver o que está acontecendo aqui em Petrogrado, Mischka?

— Sim, senhor. — A resposta foi imediata, empolgada.

O médico crescera aos seus olhos depois que Mischka descobriu que ele tinha muita importância nas altas rodas políticas.

— Muito bem, então. Hoje é o dia de você conhecer Shlomo, o Dezoito.

Mischka fez uma cara de quem não estava entendendo muita coisa.

— Shlomo, o Dezoito, é delegado do soviete de Petrogrado pelo Primeiro Regimento de Artilharia e gerente na Metalúrgica Putilov. Ele vai lhe ensinar muita coisa. E... faça como ele: não beba! Não caia em tentação. O álcool embota o raciocínio. Se você quer fazer diferença no movimento, Mischka, comece fazendo a coisa certa. Aprenda tudo que puder e coloque em prática. A Rússia precisa de homens preparados... e jovens, como você.

42

Dr. Krivorsky estacionou o carro na porta da Fábrica Putilov. O imponente portão se abriu em dois e descortinou um mundo atrás dos cinzentos muros de pedra. Cerca de trinta mil funcionários ali trabalhavam. Na portaria perguntaram por Shlomo, o Dezoito. Informados, dirigiram-se ao seu local de trabalho. Dr. Krivorsky e Mischka entraram em um galpão onde centenas de máquinas não paravam um segundo sequer. O trabalho era ininterrupto. Subiram as escadas de madeira que denunciavam a idade com o ranger dos degraus. Depois de três batidas à porta — que tinha uma janelinha de vidro — Shlomo, o Dezoito, levantou-se e, com um sorriso estampado, fez sinal para que entrassem.

— Que prazer revê-lo, Dr. Krivorsky. Que ventos o trazem aqui?

— Meu caro Dezoito, quero apresentar-lhe meu sobrinho, de Odessa. Mischka Sumbulovich. Tem 21 anos. Veio ficar comigo por uns tempos. O rapaz está interessado em política. Disse-lhe que você poderia ser o seu mentor. Ninguém melhor do que você para conscientizar e preparar os jovens para a nossa revolução. Posso contar com a sua ajuda? Aceita fazer deste rapaz um ativista combatente?

Dezoito olhou Mischka de alto a baixo, como se tomasse medidas para um terno.

— Esteja aqui hoje às três da tarde. — disse ao mesmo tempo em que apertava a mão de Mischka selando o compromisso.

Dezoito tinha no rosto um semblante que Mischka nunca mais esqueceu. Aquilo seria uma experiência para toda a vida.

43

Mischka foi pontual. Caminharam pela Metalúrgica Putilov, a maior fábrica de Petrogrado. Todos cumprimentavam Shlomo. O Dezoito parecia ser muito querido, e muito respeitado.

— Sabe, Mischka, a Rússia sempre se orgulhou de seus tanques potentes, resistentes, duradouros e de grande mobilidade, que são considerados a obra-prima da engenharia nacional com a produção de ferro fundido. Esse é o trabalho que todos nós aqui fazemos. Somos muitos. E nos orgulhamos da importância que temos nesta trajetória.

Dezoito seguia caminhando. Vez por outra acenava para um ou outro operário.

— Estou aqui há muitos anos. Foi o meu primeiro trabalho, entrei garoto. Hoje gerencio a produção.

Mischka ouvia com grande atenção Dezoito contar que estavam passando por tempos muito críticos. Havia fome, racionamento. A crise era enorme. Em fevereiro daquele mesmo ano tinham enfrentado uma grande greve. Vinte mil trabalhadores pararam as máquinas e cruzaram os braços. As caldeiras esfriaram. Os canhões deixaram de ser produzidos. Reivindicavam melhores salários, exigiam retorno dos que foram demitidos sem motivos, e melhores condições de trabalho. Entretanto, o diretor da fábrica não se abalou nem quando conseguiram envolver a metalúrgica toda. Achou que dariam um passo atrás, mas não deram. Foi quando, de forma inesperada, o diretor se adiantou e deu um passo à frente.

No dia 22 de fevereiro os metalúrgicos encontraram os portões cerrados, com uma nota, comunicando que a fábrica fechara por conta das frequentes paralisações. Com isso, milhares de trabalhadores estavam na rua. Fizeram uma reunião ali mesmo. Improvisaram palanques. Discutiram o que fazer. Que decisão tomar. Alguns queriam quebrar os portões e entrar à força. Outros seguiram a sugestão de Dezoito: marchariam em passeata pela cidade.

E foi o que fizeram. Uniram-se aos operários de outras fábricas grandes, de papéis, de produtos químicos. E a massa humana foi crescendo. O movimento foi se fortalecendo. Tiveram o apoio de alguns partidos. Mas o estômago vazio falou mais alto. Além do que, aquele inverno foi atroz. Perderam-se muitas vidas. Pelo frio, pela violência e pela fome.

A crise dos combustíveis gerou um problema no abastecimento de alimentos. O povo começou a saquear as padarias, vandalizar as vitrines. As pessoas não conseguiam dar de comer a seus filhos. Os gritos de "pão, pão, pão" eclodiam nas ruas. Pão! — gritavam, cada vez mais forte. Se o trigo não chegava à cidade, não tinha farinha. Sem farinha, não tinha pão. E... não havia milagre. O povo como um todo passou muita fome. Só a nobreza que não.

44

A nobreza naquela época parecia viver em uma redoma de vidro, como se não percebesse que os tempos haviam mudado. A impressão era de que nada a atingiria.

Numa manhã, Mischka se encontrou com Dezoito na Metalúrgica Putilov. Saíram caminhando para o Comitê Bolchevique de Petrogrado, onde Dezoito despachava algumas horas por dia, se inteirando dos fatos. Avistaram, ao longe, uma movimentação no palácio do príncipe Andrés, o antigo senhor absoluto das terras. Era temido e muito rico... e sobretudo detinha poder. Um homem terrível.

Chegaram mais perto. As enormes janelas mostravam criados servindo garrafas de vinho, e comida, muita comida. Havia tempo que não se via tanta fartura. Curiosos, deram a volta em torno do palácio. No saguão, uma pequena orquestra recebia os convidados — que chegavam vestidos com casacas pretas e cartolas, em grandes carros. As mulheres não se intimidavam com a multidão que, de fora, vaiava e gritava zombarias. Portavam suas joias e peles. Para eles, a vida seguia normalmente. Mischka, indignado, estava convencido de que já era hora de Lenin deflagrar a revolução! Bastava de tanta injustiça! Dezoito o aquietava. Tudo tinha a hora certa de acontecer. E não seria diferente naquele momento.

Já era noite. Estava frio e escuro quando voltaram para a metalúrgica. Não havia mais ninguém na rua, nem na festa. Ficaram surpresos ao ver os soldados que guardavam o palácio no pátio dos fundos, comendo com avidez. Avançavam sobre restos, trazidos e jogados fora sobre estrados, como lavagem lançada aos porcos. Sobras de carne e peixe, vegetais e frutas, patês e doces, eram agora um amontoado úmido e disforme, em franca deterioração. Os soldados, tratados como bichos no chiqueiro, devoravam tudo, comendo com as mãos. O que mais chocava era ver o quão agradecidos estavam. Na fome, engolia-se qualquer coisa, até cinza de charuto misturada aos restos. O lixo era melhor que nada.

45

Quando Lenin fugiu da casa da irmã, acusado pelo governo de Kerenski de ser um agente a serviço da Alemanha e de incitar a revolta com apoio financeiro alemão, acabou se refugiando na Finlândia. De lá idealizou as táticas para a instalação do poder bolchevique na Rússia. O movimento cresceu e se fortaleceu.

Mischka seguia sob a orientação de Dezoito na Metalúrgica Putilov e o auxiliava no Comitê Bolchevique. Ser fluente em inglês, francês e alemão lhe abriu caminhos, além de o fato de ser sobrinho de um membro graduado do Partido lhe dar credibilidade.

Numa tarde, Mischka se surpreendeu ao ver Dr. Krivorsky em casa. O médico não tinha hábito de chegar antes do anoitecer. Logo Mischka tomou conhecimento de que recebiam um hóspede ilustre, e de que toda discrição seria pouca. Vladimir Ilyich Ulyanov — Lenin — havia retornado a Petrogrado às escondidas para liderar a grande revolução bolchevique.

Na hora do jantar, com as cortinas fechadas, Aniushka serviu uma sopa de galinha fumegante. Já fazia frio em Petrogrado.

46

Lenin sofria de insônia e de fortes enxaquecas, na certa por conta do intenso estresse em que vivia. Concentrava-se na elaboração do plano final, quando os bolcheviques assumiriam de vez o governo da Rússia, um país em intensa convulsão política.

Dr. Krivorsky cuidava para que o hóspede ficasse o mais confortável possível, embora a enorme pressão não lhe desse trégua.

As janelas e cortinas eram mantidas sempre fechadas. Nem mesmo os membros do Comitê Central tomaram conhecimento do paradeiro de Lenin. Pouca gente tinha acesso a ele. Mischka sabia que essa informação não poderia vazar. Em hipótese alguma.

Com a presença de Lenin em casa, Mischka passou a dividir seu tempo entre o trabalho com Dezoito e a eventual convivência com aquele homem que surgira em sua vida como um mito. O rapaz havia amadurecido, não era mais aquele menino de Odessa, e sabia se colocar disponível — e calado.

Mischka via Lenin em um estado permanente de agitação, sempre gritando com os outros. O líder não tolerava quem dele divergia.

Em um raro dia de sol — Michael se lembraria para sempre — Lenin o chamou para uma tarefa.

— Camarada, é preciso que você leve uma mensagem confidencial para o Comitê Central Bolchevique no Instituto Smolni. Agora, preste atenção: é de suma importância que seja entregue em mãos de Joseph Stalin, e só a ele. — Mischka engoliu em seco, o rosto esfogueado.

— Pode confiar, camarada Lenin. — O coração galopante não impediu a resposta firme. Sua oportunidade de servir à revolução chegara.

O quartel-general do Soviete de Petrogrado fora instalado no Instituto Smolni. Era preciso apresentar uma senha à Guarda Vermelha para o acesso.

— Aqui está a senha. — Lenin mostrou um papel para Mischka, que de imediato a memorizou.

Recebeu o envelope lacrado, colocou-o dentro da blusa, colado ao peito. O sobretudo vinha por fora, abotoado até o pescoço.

O Instituto Smolni ficava a vários quilômetros da cidade, às margens do Rio Neva. Mischka tomou um bonde lotado e, no final da linha, viu as elegantes cúpulas azuis do grande edifício de três andares. A fachada do quartel ostentava sobre a porta de entrada um enorme e insolente brasão imperial. O prédio fora um convento-escola para as filhas da nobreza russa. As organizações revolucionárias de operários e de soldados haviam dele se apossado.

Mischka parou na guarita, pronunciou a senha do dia e entrou. No interior havia centenas de quartos e salas, brancos e vazios, com placas nas portas indicativas das antigas funções. Pedaços de papel recém-colados revelavam as novas atividades daqueles espaços. Uma multidão circulava por corredores mal iluminados, que reverberavam o ruído das grossas botas sobre o assoalho. No anfiteatro, centenas de soldados e operários dormiam no chão, aguardando a hora dos debates dos sovietes. O barulho no edifício era constante. A expectativa também.

Mischka dirigiu-se ao segundo andar, na ala sul do edifício, transformado em salão de sessões. Com um pé-direito altíssimo, tinha uma parede branca com uma moldura de ouro de onde fora retirado o retrato do czar. Centenas de lâmpadas elétricas pendiam de candelabros que denunciavam a imponência do que outrora havia sido aquele salão. Stalin trabalhava concentrado em uma mesa. Mischka se aproximou. Aguardou em silêncio que ele tomasse conhecimento de sua presença. Pigarreou.

— Com licença, camarada Stalin. — Mischka foi logo retirando o envelope de dentro da roupa. — Trago uma mensagem para o senhor.

— E quem é você? — Stalin conferiu Mischka dos pés à cabeça.

— Mischka Sumbulovich, senhor, sobrinho de Ivanov.

— Sobrinho de Ivanov... Hum... muito bem. *Spasiba*. Pode sair agora.

— Tenha um bom dia, camarada. — Mischka girou no calcanhar e se retirou.

Mischka havia sido instruído a dar o nome de guerra do Dr. Krivorsky para proteger sua identidade e segurança, e, naquele momento, a proteção a Lenin era da maior importância.

Do outro lado do corredor instalara-se o Comitê de Credenciais do Soviete. Dali Mischka observou Stalin, que após ler a mensagem de Lenin, desceu às pressas para o primeiro andar. O rapaz disfarçou e foi atrás. Stalin entrou em uma pequena sala de reuniões onde havia algumas pessoas em pé. Mischka aproximou-se e ficou ouvindo através da porta entreaberta.

Não comentou com ninguém a sua tarefa no Smolni. Tampouco que tomara conhecimento da mensagem de Lenin daquela forma pouco ortodoxa.

Muitas décadas depois, Michael ainda se lembraria daquele episódio. De pé, disfarçando com um maço de papéis na mão, cabeça baixa, ouviu Stalin ler o documento de Lenin, provocando enorme algazarra. Stalin e o grupo contestaram as determinações. Com tamanha confusão Mischka teve até dificuldade em escutar o que diziam. Mas, sem engano, decidiram não acatar a ordem de organizar os regimentos leais ao Partido e fazê-los ocupar os pontos mais cruciais da cidade.

"Não, este não é o momento", argumentou um. "Muito menos ocupar a fortaleza de Pedro e Paulo e prender o Estado Maior do governo que está no poder", sustentou outro. "Ir contra os cadetes militares? Só na cabeça de Lenin", deliberou um terceiro.

A cúpula concluiu não ser o momento para uma última batalha desesperada, muito menos de ocupar as estações telefônicas e conectá-las às fábricas e pontos de luta armada. Esperariam a ocasião certa.

As vozes eram tão altas que se embaralhavam. Ao ouvir alguém, ultrajado, dizer que Lenin consideraria traidor quem não seguisse suas ordens, Mischka percebeu que era hora de ir embora.

47

Não havia dúvida de que Lenin era a força motriz por trás do Partido Bolchevique. Ele era o cérebro e o planejador, mas não o orador ou o agitador. Essa função era de Leon Trotsky.

Mischka também conheceu Trotsky na casa do Dr. Krivorsky. Embora com as portas fechadas, Mischka pôde ouvir Lenin falando, impacientemente, em voz alta:

"Todas as esperanças para um desenvolvimento pacífico da revolução russa desapareceram por completo. A situação objetiva é esta: uma vitória da ditadura militar, com tudo o que implica, ou uma vitória da luta decisiva dos trabalhadores. Qual será, Leon?"

Mischka não ouviu a resposta.

Trotsky era o homem que podia dizer a coisa certa na hora certa. A parceria dos dois seria a responsável por levar a Revolução através das situações críticas que se anunciavam. Trotsky era nove anos mais jovem do que Lenin, que incorporava uma figura paterna para o Partido.

Naquela noite, jantaram todos juntos. Aniushka preparou uma refeição especial com o que conseguiu, a muito custo. A sopa de leite quente com bolinhos de farinha e ovos chegou à mesa exalando um aroma tão reconfortante que fez Lenin esboçar um sorriso. Era a sua preferida. Mischka não conhecia. Experimentou. Lenin molhava o pão preto na sopa e comia com gosto. Por um momento, o mundo parou de lhe trazer problemas. Dr. Krivorsky ofereceu um copo de cerveja da Baviera para acompanhar o prato de arenque com pepinos em conserva, batatas cozidas e creme fresco. Ao final, torta de maçã com uma xícara de café forte.

Depois do jantar e da conversa com Trotsky, Lenin pareceu mais tranquilo. Apesar de não ter se alinhado a Lenin e se posicionado contra os bolcheviques na divisão dos sociais-democratas russos, acabou por aderir à causa bolchevique. Lutariam juntos. Tinham agora o mesmo ideal.

Mischka se dava conta de viver um momento histórico no centro das decisões. Tinha vontade de participar de verdade, arregaçar as mangas. Olhava com admiração para aquele homem, de estatura média, cabelos negros e encaracolados, grandes olhos azuis, voz metálica e fala rápida, que, ao discursar, gesticulava rica e elegantemente. Trotsky era tão relevante quanto Lenin. Mischka privava da companhia dos dois.

Durante o jantar Mischka soube que "Leon Trotsky" era um pseudônimo. Ele havia nascido Lev Davidovich Bronstein, de uma família judia não praticante da Ucrânia. Fora preso, e quando saiu da prisão, em 1902, adotou o nome "Trotsky", emprestado de seu carcereiro.

48

Petrogrado
Outubro de 1917

Leon Trotsky e Lenin se encontravam de forma clandestina na residência do Dr. Krivorsky para traçar a estratégia da tomada do poder. Todo cuidado era pouco. Lenin não podia correr o risco de ser descoberto: Kerenski, primeiro-ministro do Governo Provisório, aumentara o cerco a ele para esvaziar o movimento.

Mischka continuou indo à Metalúrgica Putilov e trazendo notícias do movimento sindical que lhe eram passadas por Dezoito: permaneciam alinhados com os bolcheviques.

Naquele 22 de outubro de 1917, já era tarde quando Mischka viu Lenin sair de casa, sozinho.

Impaciente, mesmo sob o risco de ser preso, decidido a mudar o rumo da História, Lenin resolveu fazer a defesa de sua estratégia para convencer o conselho a agir de imediato e deflagrar a revolução!

A ousadia o fez se disfarçar com uma peruca grisalha, um par de óculos e bandagens amarradas em volta da cabeça e pegar um bonde para ir direto ao Smolni, o quartel-general dos bolcheviques. Entrou e caminhou sem hesitar pelos corredores até a sala 36.

Era quase meia-noite quando, ainda tirando os disfarces do rosto, já começava seu discurso inflamado sobre a tomada do poder, com mais determinação do que jamais tivera antes, para espanto e surpresa geral do grupo.

Após longas e tumultuadas sessões, que terminaram nas primeiras horas da manhã do dia 24 de outubro de 1917, Lenin conseguiu a anuência da maioria do plenário: os bolcheviques logo entrariam em ação.

Estava escuro quando Lenin, Trotsky e Stalin chegaram de volta à casa do médico. Mischka os aguardava.

— Camarada Lenin... preciso lhe mostrar uma coisa — Mischka esticou a mão para entregar um jornal. — É importante!

— Agora não, rapaz, agora não. — Lenin apressado entrou na casa.

— O que é isto? — Trotsky perguntou, já irritado.

— Saiu há pouco, consegui este exemplar.

Lenin arrancou o jornal das mãos do jovem e, lendo com avidez as manchetes estampadas, esbravejou:

— Nosso plano da revolução publicado na primeira página deste periódico? — Lenin vociferou. — Quem vazou essa informação? Kerenski acha que com isso vai desmoralizar e esvaziar o movimento? Pois está muito enganado, muito enganado — gritou enfurecido, caminhando de um lado ao outro da sala, dedo em riste.

— Não há mais nada a temer, Ilyich. — Trotsky tentava tranquilizá-lo. — O conselho já aprovou a moção, a decisão está tomada. A revolução será deflagrada em poucas horas. Agora é fato! — Trotsky argumentava, com Stalin em pleno acordo.

Saga de uma família judia na Revolução Russa

— Reforcem a ordem! — Lenin determinou aos brados. — A qualquer custo, tomem o telégrafo, a telefonia, as estações ferroviárias e as pontes! O sucesso da revolução russa depende de dois ou três dias de luta. Que começa amanhã cedo, sem erro! O sincronismo tem que ser perfeito!

Finalmente Mischka viu o sentido de sua ida a Petrogrado. Tudo o que sonhara, o ideal em que acreditara ... a história acontecendo, logo ali... ao seu lado.

No dia seguinte, as ordens de Lenin já haviam sido cumpridas. Os bolcheviques estavam no controle de todos os lugares estabelecidos. A última peça do tabuleiro desse xadrez comunista era o Governo Provisório, que aguardava seu destino no Palácio de Inverno, onde se encontrava a maior parte do Gabinete do Governo. Da defesa se encarregavam os cossacos, alguns oficiais do exército e uma centena de combatentes do Batalhão Feminino, que entraram em ação por ordem de Kerenski, na falta de mais homens para assumir.

Mischka com Dezoito e seu grupo de metalúrgicos marcharam junto a milhares de trabalhadores e soldados que afluíram dos subúrbios industriais para o centro de Petrogrado. Uma horda de marinheiros atravessou a praça. A escuridão e as sombras apontavam os caminhos até o Palácio de Inverno.

Vozes informavam em alto-falantes no meio do breu: "As tropas provisórias do governo mandaram avisar que querem que a gente os tire de lá". A massa escura avançava. "Companheiros, as combatentes do Batalhão Feminino deixaram o palácio, se recusaram a lutar contra seus irmãos".

Ouvia-se o ritmo do arrastar de pés da massa homogênea de homens e mulheres em direção ao Palácio. Soprava um vento frio e úmido, a lama gelada atravessava a sola dos sapatos, mas ninguém parecia perceber. A euforia era grande.

Ao longe, começaram a aparecer as luzes das janelas da imponente edificação. A multidão começou a gritar por pão e pela retirada da Rússia da Grande Guerra. Os guardas do palácio, agora simpáticos à causa bolchevique, não criaram empecilho quando a Guarda Vermelha cercou o prédio.

Os marinheiros escalaram o portão e subiram a escadaria como uma onda irrefreável. Os cossacos se renderam e acabaram apoiando os bolcheviques, juntando-se aos revolucionários.

Mischka e Dezoito foram arrastados pela multidão para a entrada da direita, que levava ao porão da ala leste, de onde saía um labirinto de corredores e escadas. Subiram e se depararam com a incrível riqueza que se impunha, enorme contraste entre invasores e depostos.

Dezoito e Mischka não ignoraram que, à medida que passavam, os bolsos dos revolucionários se enchiam com os saques.

Alguém repreendeu: "Não toquem em nada, não peguem nada. Isso é patrimônio do povo, larguem tudo". Muitas mãos arrastavam talheres de prata, tapeçarias, relógios, esculturas, pratos, copos... o que os revoltosos vissem pela frente e coubesse nos bolsos ou dentro da roupa. Um homem encontrou uma pluma de avestruz e a enfiou no chapéu. Na adega imperial do porão do Palácio, homens se embebedavam, perdendo o controle e o foco da invasão. Arrastavam, de forma anárquica, caixas e mais caixas. Percebia-se raiva... e sentimento de vingança no ar.

Através de corredores e escadas, ouvia-se uma voz — "Disciplina revolucionária, Propriedade do povo" — cada vez mais fraca.

Mischka e Dezoito encontraram velhos empregados do Palácio, com seus uniformes azuis, vermelhos e dourados, nervosos, pela força do hábito repetindo: "Vocês não podem entrar aí... é proibido".

Nada os deteve.

Um grupo de mulheres invadiu o quarto da czarina. Deslumbradas, tocaram nas roupas, abriram fragrâncias, se olharam nos espelhos com o brilho das joias, experimentaram sonhos. Ficaram surpresas com a presença de um vaso sanitário – que desconheciam.

Por um momento, o povo se esqueceu do motivo da invasão. Dois guardas vermelhos, um soldado e um oficial puxaram seus revólveres na tentativa de conter a turba incontrolável. Fecharam a saída empenhados em conseguir confiscar os objetos roubados. Mas era tarde. Muito do que havia sido pilhado já estava fora dos domínios do palácio.

Eram exatas nove horas da noite quando o cruzador de guerra russo Aurora, ancorado no Rio Neva, disparou um tiro de festim para sinalizar o início do motim. No mesmo momento, os canhões da Fortaleza Pedro e Paulo abriram fogo contra as salas de exposição do palácio. O estrondo foi tanto que o povo se abrigou por um instante, com medo de ser atingido.

O palácio, símbolo do poder e extravagância czarista, foi tomado sem muita dificuldade. Os membros do Governo Provisório foram encontrados encolhidos sob a mesa na Sala de Jantar Imperial, enquanto os estilhaços de vidro esparramavam-se ao seu redor na sequência interminável de salões luxuosos. Foram cercados e presos, sem resistência. Kerenski, o primeiro-ministro, conseguiu escapar e fugir da cidade com a ajuda da embaixada dos Estados Unidos da América, em um veículo com conveniente placa diplomática.

No exato momento em que foi proclamada a mudança de regime no país, um automóvel passou acelerado pela barreira policial com um Kerenski arruinado fugindo da cidade em busca de tropas leais.

Os soldados derrubaram retratos do czar. Trezentos anos da monarquia autocrática foram enterrados para sempre. Levou três séculos para se erguer, três dias para sumir. Nasceu, naquele momento, a Rússia soviética.

Sobre a lareira de uma das salas do Palácio de Inverno, um relógio dourado de bronze em forma de rinoceronte parou. Marcava 2h10 da manhã.

49

Quando Mischka acordou, logo percebeu no silêncio da casa que Lenin não estava mais lá. Fora para o Instituto Smolni, onde passou a morar e governar até a mudança para Moscou.

Tomava o café da manhã com o tio quando o telefone tocou. Aniushka atendeu.

— Pois não, senhora, já chamo — a empregada respondeu, fazendo sinal para o doutor. — É a senhora Krupskaya, quer falar com o senhor.

— Bom dia, Nadia, como estão? E Ilyich?

Dr.Krivorsky ouviu com atenção, balançando a cabeça em consentimento.

— Posso, claro. Avise a Ilyich que em uma hora passo por aí para vê-lo. E levo tudo que deixou aqui. Peço ao meu sobrinho para me acompanhar.

A máquina de escrever de Lenin estava bem acondicionada em uma bolsa, os papéis arrumados em pastas, a pena e o tinteiro em uma caixa, e as roupas em uma pequena mala. Dr. Krivorsky tinha se incumbido de supervisionar a arrumação.

Fazia muito frio. Vestiram sobretudos pesados, entraram no carro e dirigiram-se ao Instituto Smolni, que se tornara a sede oficial do governo revolucionário. Marinheiros armados e soldados munidos de metralhadora faziam a guarda.

O médico já era esperado, e um soldado os acompanhou até os novos aposentos de Lenin. Mischka, distribuindo o peso dos volumes em cada mão, ainda tomado da excitação da noite anterior, observou o movimento das salas, caminhando pelos longos corredores do edifício até chegar ao apartamento do novo Chefe de Estado.

— Bom dia, Dr. Krivorsky. Vamos entrando. — Nadezhda Krupskaya fez as honras da casa.

Mischka a cumprimentou, sem imaginar quem era. Não sabia da existência de uma esposa de Lenin.

Enquanto Dr. Krivorsky consultava Lenin na sala ao lado, Mischka esperava de pé, com as sacolas na mão.

— Coloque as coisas ali, camarada. — Krupskaya apontou para uma mesa no canto. — Volodya me falou de você. Quais são os seus planos agora?

— Eu quero trabalhar para a revolução. — Aprumou o corpo, falando com determinação.

Lenin chegava com Krivorsky, quando ouviu Mischka e acrescentou:

— Pois a revolução precisa de sangue novo, engajado. Venha trabalhar conosco.

— Conte comigo, senhor. — Mischka quase bateu uma continência, tal o entusiasmo. Lenin percebeu.

— Camarada, meu rapaz, camarada. Aqui não temos senhores. Aprenda a primeira lição: todos temos os mesmos direitos, somos todos iguais perante a lei.

Os olhos de Mischka brilharam de tanta admiração. Ele se lembraria disso meses mais tarde.

50

Petrogrado, 26 de outubro de 1917

Queridos pais, minha amada Beile,

Escrevo uma única missiva por falta absoluta de tempo, mas não posso deixar de compartilhar com vocês o momento inesquecível que vivemos.

Vocês tinham que ter visto como fizemos a revolução: o povo caminhou de braços dados e tomamos o Palácio de Inverno. Imaginem que nem uma gota de sangue foi derramada, é a revolução do povo para o povo. Meu coração acelera só de pensar no que vivi.

Finalmente conseguimos tomar o poder em Petrogrado. A verdade prevaleceu! Acabou a era da autocracia do czar e do governo incompetente de Kerenski. Já não era sem tempo!

Recebi convite do próprio Lenin para trabalhar no Instituto Smolni, a sede do governo. Era tudo o que eu queria! As ideias de Lenin são fabulosas.

Passo os dias muito ocupado: trabalho muito, atendo muitas comissões. Hoje mesmo assessorei um jornalista americano, John Reed. Ele está muito engajado no nosso movimento. Um americano reconhecendo o valor da nossa revolução! Menciono isso só para vocês entenderem a profundidade e necessidade de uma ampla mudança nos rumos da nossa Rússia. E do mundo! Agora sim, estamos no caminho certo

Escrevo do alto da torre do Smolni, em completo silêncio. A vista do Rio Neva é uma beleza. A cidade está branca de tanta neve, mas nem sinto frio. Tudo é felicidade!

Espero que vocês estejam bem.

Mandem notícias, ainda não recebi nenhuma carta.

Seu

Mischka

51

Petrogrado
Fevereiro de 1918

Foi um inverno sofrido. Petrogrado viveu frio e fome. As ruas brancas de neve dificultavam a locomoção enquanto os termômetros marcavam temperaturas congelantes. Com tantas florestas em volta da cidade, ninguém teve a iniciativa de trazer lenha para aquecer as casas. A cidade estava congelando, os transportes parados, e as pessoas também. Mulheres, velhos e jovens, com agasalhos rotos, com a lã já fina, insuficientes para a espera de horas na fila do pão, sofriam, para muitas vezes voltar para casa com as mãos vazias. A crise do desabastecimento parecia não ter fim. Os padeiros só assavam pão, e mesmo assim não havia farinha suficiente para atender à população. Nas portas das padarias os cartazes, já amarelados pelo tempo, se repetiam: "Pão só amanhã". Não obstante a tomada de poder pelos bolcheviques, nenhuma melhora aparecia para a população. A guerra entre os exércitos vermelho e branco não dava trégua. O Partido Branco tinha a ilusão de recolocar o czar no trono.

Mischka entrou bem cedo no Instituto Smolni, como fazia todos os dias. Encontrou o rabino-chefe de Moscou, Iacov Mazé. A família de Mischka pertencera à sua congregação quando moraram em Moscou. Ele era também um notável membro do movimento sionista, do qual seus pais faziam parte. Havia muito tempo que não se viam.

— Mischka Sumbulovich, que prazer revê-lo! O que você faz por aqui?

— *Rebe* Mazé, quanto tempo! Muito bom ver o senhor outra vez! Estou trabalhando diretamente com Lenin e Trotsky — contou entusiasmado.

— Hum... muito bem. E Yetta e David?

— Meus pais continuam em Odessa. Só eu me liguei à causa bolchevique. E o que o senhor está fazendo por aqui? Posso ajudá-lo em alguma coisa?

— Na verdade, creio que sim. Preciso conversar com Trotsky. Você pode verificar se ele pode me receber?

— Claro, com prazer. Vamos andando. Por aqui, Rebe. Aceita um chá?

— Sim, obrigado. Com esse frio, um chá quente sempre faz bem.

— Vou consultar o camarada Trotsky. Já retorno.

Rabino Iacov Mazé aquiesceu. "*Camarada* Trotsky... *oi veis mir*" — mais um dos nossos jovens se deixando convencer por esses vermelhos e abandonando o barco!" — lamentou.

Os judeus que se ligavam ao movimento bolchevique eram, em quase toda a sua totalidade, desligados de suas origens e identidades judaicas. Não se viam como judeus.

— *Rebe* Mazé, — Mischka o despertou de seus pensamentos — o Camarada Trotsky vai recebê-lo agora. Me acompanhe, por favor.

O religioso repousou a xícara em uma mesa, agradeceu a Mischka e o seguiu.

— Camarada Trotsky, esse é o Rebe Iacov Mazé, rabino-chefe de Moscou.

— Rabino. —Trotsky se levantou, fez um aceno com a cabeça.

O religioso respondeu à mesura. Não falou nada. Ficou em dúvida sobre como se dirigir a Trotsky. Achou melhor omitir qualquer forma de tratamento.

— Sente-se, por favor. E o que o traz aqui? — Trotsky perguntou, apontando a cadeira em frente a si.

— Venho em nome dos judeus de Moscou pedir sua ajuda para deter os abusos que estamos sofrendo sem motivo aparente. Nossas casas foram confiscadas, nossos bens apreendidos, nossa imprensa censurada. As agressões não cessam. Não temos a quem recorrer. Pedimos que faça algo a respeito. É o seu povo que lhe pede ajuda.

Leon Trotsky ficou uns segundos parado. Com calma, girava a caneta nos dedos. Sentia a pressão que o rabino fazia. E então respondeu.

— Eu sinto muito, rabino Mazé. Eu não tenho nada a ver com isso. É a revolução do povo. E eu não sou judeu!

O rabino fixou os olhos de Trotsky, com enorme tristeza. Um silêncio sepulcral tomou a sala. E, falou, com a voz pausada e quase inaudível. Aquelas palavras sussurradas ficaram por muito tempo no ouvido de Mischka. Trotsky, mudo, também escutou.

— A revolução está sendo feita por Trotsky, mas os Bronstein estão pagando por ela.

Leon Trotsky havia se esquecido de quando era Lev Davidovich Bronstein, filho de David Leontyevish Bronstein.

Nessa hora, Mischka se lembrou da última frase dita pelo pai, quando se despediram na estação ferroviária.

Não, ele não se esqueceria de que era judeu.

52

Petrogrado
Março de 1918

A Rússia perdeu quatro milhões de vidas e se comprometeu a sair da guerra. Pelo recém-criado governo bolchevique, Trotsky começou a negociar a paz com os alemães. A primeira proposta germânica foi recusada pelo Partido, contrariando a vontade de Lenin, voto vencido. A Alemanha voltou com as ameaças de invasão avançando rapidamente. Tomaram Odessa.

A cidade de Pskov foi invadida no momento em que o major-general Hoffman recebeu um telegrama de Lenin aceitando os termos alemães. Já era tarde demais. Petrogrado era o próximo alvo.

No dia seguinte, Lenin aprovou uma ordem secreta de abandono da capital da Revolução Russa. Foi uma grande ironia. Em outubro de 1917, quando o governo provisório de Kerenski decidiu relocar a capital de Petrogrado para Moscou por questões de segurança, o jornal bolchevique "Caminhos dos Trabalhadores", editado por Stalin, acusou Kerenski de traição por se render aos alemães. Na época, Kerenski recuou. Agora, os alemães se encaminhavam para

Petrogrado enquanto Trotsky prosseguia nas negociações e Lenin cuidava do plano de retirada.

Vladimir Bonch-Bruevich — o chefe de operações de segurança do governo, que ocupava uma salinha no Smolni — era o responsável pela integridade de Lenin. Na falta de pessoal qualificado, Mischka foi convocado para participar da missão, já que estava disponível, era inteligente e da confiança do alto comando.

Na Estação Central de Passageiros, um trem de carga exibindo uma enorme faixa indicando o comboio do "Conselho dos Comissários do Povo" foi carregado à vista de todos. Ao mesmo tempo, em um depósito abandonado ao sul de Petrogrado, protegido pela escuridão, um trem antigo imperial era preparado para Lenin na surdina.

Bonch-Bruevich adotou a mesma estratégia da *Okhranka*, a polícia secreta do regime do czar. Montou dois times de agentes desconhecidos entre si. Eles fariam a vigilância dos trens, e espalhariam rumores de que um deles seguiria para o *front* com médicos.

Depois de muita negociação, Trotsky acabou aceitando as condições dos alemães e assinou os termos. Lenin ficou contrariadíssimo, mas, outra vez, foi voto vencido. "Se tivessem aceitado a primeira proposta alemã a derrota não teria sido tão catastrófica", Lenin reagiu.

Assim como os opositores de Lenin haviam previsto há muito tempo, ele entregou tudo aos alemães, e abandonou a capital russa.

Mischka ajudou Bonch-Bruevich a supervisionar o carregamento dos trens. Combustível, máquinas de escrever, telefones, camas, dois carros lotados com literatura do Partido Bolchevique, sem incluir a biblioteca pessoal de Lenin. Bonch-Bruevich seguiria junto com a comitiva. Mischka também se organizou e estava pronto para o embarque. Agora era só uma questão de aguardar as ordens de partir.

Na noite do domingo, 10 de março, o trem em que viajavam incógnitos Lenin, sua esposa Nadezhda Krupskaya, sua irmã Maria, Iacov Sverdlov — presidente do Comitê Executivo Central —, Stalin, Dzierzynski, chefe da *Cheka*, a polícia secreta bolchevique, e um destacamento de guardas partiu com as luzes apagadas. Dois trens com os membros do Comitê Executivo Central Soviético, muitos dos quais não eram bolcheviques, seguiram à distância, sem que os condutores soubessem quem estava no comboio à frente. Mischka entrou no primeiro deles. Estava pronto para ajudar na transferência do quartel-general para Moscou. Sabia que estariam mais seguros no Kremlin, e que Lenin seguia em outra composição.

Durante aqueles quase cinco meses do governo bolchevique, Mischka trabalhou todos os dias no Smolni. Levava correspondência de um lado para o outro, ajudava no que era preciso, raras vezes servia de intérprete para visitantes estrangeiros. Foi com surpresa que recebeu a notícia dessa tarefa sigilosa e de extrema responsabilidade. Dali para frente, confiava, não retornaria mais ao trabalho desalentador e burocrático que fazia até então.

Mischka estava radiante, mas ansioso. Para ele, a transferência para Moscou era também uma volta a casa, à cidade onde nascera.

Dr. Krivorsky estava a par de tudo. Acompanhava Lenin de perto. Na última consulta, no final da tarde antes do embarque, aproveitou para se despedir do paciente ilustre, que o recebeu com um forte abraço. Esperaria uma visita dele no Kremlin. O médico, convidado para acompanhar a comitiva, decidiu por bem permanecer em Petrogrado. Não se sentia com ânimo para grandes mudanças. Mas já tomara as providências necessárias para os cuidados de Lenin. Fizera contato com o Dr. Kozhevnikov, um admirador do líder bolchevique, que se sentiu lisonjeado com o convite para cuidar dele em Moscou.

Dr. Krivorsky veio também entregar a Mischka um sem número de cartas que tinham acabado de chegar para ele. Recomendou prudência ao sobrinho e que mantivesse contato com a família. Agora, estaria por conta própria, teria que arrumar um lugar para viver. Nadezhda Krupskaya, esposa de Lenin, disse ao médico que não se preocupasse, Mischka trabalharia na Comissão de Educação. Havia poucos jovens engajados no movimento com um nível cultural alto. Ela o manteria ocupado. Quem sabe já ingressaria na universidade em Moscou para retomar os estudos? Trataria disso ela mesma.

Mischka abraçou o tio com afeto. Sabia estar no caminho certo.

53

Mischka entrou no trem, arrumou sua mala no compartimento acima da poltrona e se sentou à janela. Permaneceu com o casacão de lã e as luvas. Ainda fazia muito frio. Os camaradas cantavam o hino da *Internacional*. Nem parecia que a mudança era por conta de uma possível invasão dos alemães. Estavam muito animados com a transferência para Moscou.

O trem apitou e começou a se movimentar. Petrogrado foi, lentamente, ficando para trás. As pequenas casas ao longo da ferrovia deram lugar a campos e florestas. As árvores, desfolhadas por conta do inverno, impunham-se com seus galhos cobertos de neve. Mischka teria longas horas de estrada até chegar ao seu destino.

Abriu o envelope que recebera de Dr. Krivorsky. Muitas cartas... de Bela, de sua mãe e de seu pai. O correio demorara tanto a entregar que acabaram chegando todas juntas. Acomodado na poltrona, enrolou bem o cachecol no pescoço, ajeitou as luvas. Pensou em seus pais e em Bela. "Como estarão em Odessa nas mãos dos alemães?" — Mischka se preocupou e apanhou o maço de cartas. A primeira era de Bela, datada de 29 de setembro, aniversário dela.

Por um minuto ficou em dúvida se lembrara ou não da data ... estava tão envolvido com tudo que sequer conseguia recordar se a cumprimentara.

Achou ótima a ideia dos Blumenfeld combinarem com seus pais e terem ido todos à ópera e depois jantar. Estavam certos. Dezoito anos mereciam celebração. A vida não para, a arte também não. E a música sempre traz alegria à alma.

O relato da escassez de alimentos na cidade o inquietava. E, além disso, a falta de empregos e o número de mortos aumentando. "O mercado de trabalho que mais cresce é o de coveiros, cantores fúnebres e lavadores de defuntos". "Os velhos do Asilo Kofman, ao lado do cemitério, é que devem estar felizes, com tanto trabalho". — Mischka concluiu com ironia. "Infelicidade de uns, sobrevivência de outros".

As tradições milenares judaicas continuavam sendo observadas mesmo em meio a todo o caos. Os rituais pós-morte eram cumpridos por um grupo de judeus instruídos para a limpeza física e preparação do corpo para o enterro e preces apropriadas. Na democracia da morte, todo judeu é vestido com a mesma mortalha branca simples. Ricos ou pobres, todos iguais perante a D'us.

Baixou a carta e ficou pensando nas palavras de Bela. Uma guerra é sempre muito triste. Mas, se a guerra despejava um enorme número de soldados nas estações ferroviárias, feridos ou não, essa era uma conquista dos bolcheviques que haviam retirado a Rússia da guerra. Tivessem permanecido nos campos de batalha, poderiam ser todos mortos. "Ora, Beile querida, se nem botas nem casacos tinham para enfrentar o inverno rigoroso, muito menos armamento suficiente, como poderiam vencer? Não, não é pelo número de homens que se ganha uma guerra. Nós mesmos sequer somos maioria, e estamos colocando o país nos trilhos!", Mischka bateu a mão na perna, impaciente.

Estava decidido: quando chegasse a Moscou telefonaria para ela e para os pais. Ela mencionou que eles, insistentes, tentaram sem sucesso, falar com o Dr. Krivorsky para ter notícias, mas que a comunicação andava difícil, as chamadas telefônicas impossíveis de serem completadas. Em Moscou ele daria um jeito de conseguir.

Ela precisava entender, uma vez por todas, a importância do movimento ao qual ele se afiliara. Talvez não tivesse acesso às informações acuradas. "É, certamente é isso, só pode ser. É tudo tão óbvio, tão claro, como não entender?"

Estranho também era Bela contar que a cidade estava sendo invadida por refugiados de Petrogrado e Moscou. Que as pessoas estavam fugindo dos bolcheviques. Leu com assombro os inúmeros relatos de violência e desespero. Bela se preocupava com ele, longe. Mas, desespero do quê, se ele vivia o melhor período de sua vida? E por que meu pai falou para Bela que eu queria reformar o mundo quando sequer sabia amarrar meus sapatos? O pai não sabia que ele participava de mudanças radicais na história da Rússia? Que estava ajudando a escrever o futuro dessa nação, um país melhor para todos? Ele estava, sim, reformando o mundo! Pelo menos, aquela parte do mundo.

Indignado, não parava de pensar. Será que eles não liam nos jornais as conquistas do governo bolchevique? Que a Rússia estava fora da guerra, que os homens voltavam a salvo para casa? Que os judeus podiam se estabelecer onde bem quisessem? Que não tinha mais censura? Que agora havia liberdade? Que Lenin era o homem certo para conduzir essa transição tão importante? Será que não se davam conta de que o futuro começava a ser construído nesse momento, e que seria bom para todos? Problemas existiam, mas era uma questão de tempo para Lenin colocar a nação nos trilhos do desenvolvimento e da ordem outra vez.

Tinha mesmo de ligar para casa. Colocou as cartas no colo e fechou os olhos. Precisava descansar.

54

Estava tão distraído que não percebeu que tinham iniciado a distribuição dos *paikis*. No Smolni todos recebiam, uma vez por dia, uma sacola com a cota diária de alimentação. Por estar vivendo com o tio, ele continuava tomando café da manhã e jantando em casa, e não se deu conta da realidade das restrições. Dr. Krivorsky desfrutava de uma posição de prestígio dentro do movimento. Mischka igualmente não percebera que se tratava de privilégios que vinham junto com essa notoriedade.

A partir da viagem de trem Mischka deduziu que o *paiki* era insuficiente para mantê-lo alimentado um dia inteiro. Comeu a batata cozida e guardou o resto para depois.

Tornou a abrir o envelope e leu outra carta. Era de sua mãe, preocupada com a falta de notícias. Queria saber se estava em segurança e se alimentando bem. "O correio, lento, não ajuda mesmo", Mischka se lamentou, constatando que os pais, que já desaprovavam seu engajamento na causa bolchevique, ainda ficavam sem notícias suas.

"Se alimentando bem..." a mãe sempre sintonizada com ele. A pergunta ecoou forte. Mischka apalpou um embrulho no bolso do casacão. Haviam sobrado algumas fatias de pão preto com uma lasca de queijo e um pedaço de salame que Aniushka tinha lhe dado antes de sair de casa. Lamentava-se ter estado com tanta pressa para embarcar que recusara o jantar que ela lhe tinha preparado. Abriu outra carta.

Seu pai lhe escrevia reclamando da agressividade dos bolcheviques que tinham tomado Odessa. Dizia que as pessoas estavam assustadas. Precisava ligar para casa, precisava acalmá-lo. Ao contrário do pai, tinha que admitir, sentira-se muito feliz com a tomada de Odessa. Ficara orgulhoso imaginando a bandeira vermelha hasteada no terraço de sua casa. E, lendo a quase intimação para que ele retornasse para casa, discordou: Não, isso nem lhe passava pela cabeça. Tinha um caminho a percorrer. Uma carreira dentro do movimento. A Universidade de Moscou o esperava. Era onde estava o seu futuro, não em Odessa.

Mischka olhou pela janela. Ficou pensando em Bela. Sentia saudades, mas tinha primeiro que se estabelecer em Moscou para poder buscá-la. Era esse o plano. Se casariam. A vida seria boa. Mas, tudo no seu tempo. Ela teria que esperar um pouco.

Tentou dormir. O chacoalhar do trem o embalou em um sono profundo. Acordou no meio da noite, com fome. Comeu um pedaço do pão. Teve vontade de comer mais, mas a prudência o fez guardar para um segundo momento. Teve a impressão de que vivia uma realidade em tudo diferente à sua família em Odessa. Bela reclamava muito da atitude ameaçadora dos soldados bolcheviques. Contava do medo de acontecer por lá o mesmo que, segundo boatos, acontecera no Norte: os bolcheviques confiscando residências, desalojando os moradores e entregando suas casas para várias famílias compartilharem. "De onde estariam tirando essas informações? Eram exageradas", aquilo o deixou exasperado. Bela temia que tomassem a

Saga de uma família judia na Revolução Russa

casa dos Blumenfeld e a dos pais dele. A família a queria de volta em Moldavanka. Nessas horas, diziam, ninguém poderia esperar que uma família pobre ainda compartilhasse um espaço ínfimo com mais gente. Com o povo de Moldavanka os vermelhos não se meteriam. Por enquanto, Bela contara, as bandeiras bolcheviques só estavam nas 22 casas ricas do final do Boulevard Primorski e em outras áreas privilegiadas de Odessa. Ninguém ousou protestar para não acirrar os ânimos, mas, segundo Bela, nenhuma dessas famílias apoiava o novo poder.

Mischka arregalou os olhos quando leu que o avô de Hanna — amiga de Bela — estava se preparando para sair de Odessa com toda a família. Bela contou que dona Polia, mãe de Hanna, esteve com Faigue, sua mãe. Queriam que Bela fosse com eles. Aliás, queriam que toda a família fosse junto, mas ela explicou que, como seu irmão e o pai estavam doentes, não haveria possibilidade de enfrentarem uma longa viagem tão cedo. Dona Polia então propôs de levar só Bela. 'Tirá-la do perigo', Mischka repetiu a frase da carta e se perguntou "Que perigo? Estou aqui lutando por uma vida melhor para todos, e querem ir embora?"

O coração de Mischka acelerou ao ler o relato de Bela: quando Hanna a ouviu dizer ser impossível sair de Odessa, retrucou que quem não tenta o impossível não consegue o possível. Bela se sentiu desafiada quando Hanna foi incisiva ao dizer que algumas conquistas são só nossas.

Mischka conferiu a data da carta. 19 de janeiro de 1918. Três meses antes. O que terá acontecido durante esse tempo? Não queria perder Bela. "Ela jurou que me esperaria voltar. Será que mudou de ideia?", Mischka se desesperou. "Será que Bela ainda está em Odessa?"

201

Era noite, o vagão estava silencioso e, mesmo com o estômago reclamando alto, Mischka decidiu se abstrair da fome. Repousou a cabeça no vidro da janela que, embora gelado, dava mais conforto para dormir.

A madrugada foi agitada. Mischka teve muitos sonhos. E pesadelos. Acordou assustado, molhado de suor que, na baixa temperatura do vagão, provocava um frio incontrolável. O dia começava a clarear e ele tentou se distrair e se tranquilizar com a paisagem que corria ao largo dos trilhos do trem. Acabou pegando no sono outra vez para logo despertar com a euforia dos companheiros animados para receber o *paiki* do dia.

55

A fome era contagiante, mas Mischka comeu apenas a metade de sua cota, guardou a sobra. Era só o que teria até chegar à noite a Moscou. Conferiu o pão que lhe restara.

Resolveu ler mais cartas. Tinha que tomar conhecimento do que se passava, se não em Odessa, ao menos na cabeça de Bela e de sua família.

Felizmente algumas notícias eram boas. Bela afirmava que a Rússia estava de cabeça para baixo e que Odessa se tornara refúgio para escritores, profissionais e intelectuais que fugiam dos bolcheviques. "Por que tanta gente fugindo de nós? Para que a fuga para o Sul?"

Ele precisava se informar melhor. Afinal, ficara confinado ao Smolni e à casa do Dr. Krivorsky o tempo todo em Petrogrado.

Desta vez, Bela escrevia com alegria. Mischka checou a data da carta. Queria se certificar se Bela tinha desistido daquela ideia louca de acompanhar a família da Hanna para o exterior. "Hum, 20 de janeiro de 1918". Era cedo para se despreocupar por completo. Continuou a leitura.

Nathan Blumenfeld estava feliz em ver que nada na vida é só bom ou ruim. Odessa tinha atraído uma sociedade tão brilhante que o motivou a esquecer a guerra e organizar um de seus memoráveis saraus literários. Bela contou que fora extraordinário. Estava entusiasmada de ter conhecido tantos escritores ilustres. Mischka ficou com uma pontinha de inveja. Ele perdera o contato com a cultura. Seu trabalho era banal, nada exigindo do intelecto, o que o deixava frustrado. Ficou curioso e continuou a leitura.

Pelo relato, Mischka pôde imaginar os olhos de Bela brilhando ao conhecer e poder conversar com tanta gente interessante. "Pelo jeito o mundo literário todo foi para Odessa. E eu carregando pilhas de papéis de um lado para o outro enquanto isso", lamentou-se.

Sorriu quando se lembrou que sempre reclamava que Bela não era objetiva, ficava dando mil voltas para contar uma história. Mas, naquele momento, achou delicioso o relato detalhadíssimo. Foi um bálsamo para o tempo passar mais rápido.

Ela contou que a senhora Olga Knipper também estivera lá. Mischka tentou localizar o nome, mas não tinha a menor ideia de quem fosse. Quando tomou conhecimento de que era a viúva de Chekhov, um de seus autores favoritos, se deu conta do quanto sentia falta daquela vida. Inventou possíveis conversas entre elas. "O que terá sabido da vida de Chekhov?" E imaginou os contos, trechos de livros, brindes e fumaça emanada dos charutos dos grandes pensadores, todos reunidos e próximos à Bela. Mas, como que acordando de um transe, Mischka se convenceu de que abria mão dos prazeres em nome de seu compromisso com a Rússia. Tinha tomado para si a responsabilidade de lutar ao lado dos bolcheviques para que, logo, todos os russos pudessem usufruir não só de boa literatura como de boa vida. Ele era jovem, tinha muito tempo para voltar aos círculos literários.

Mischka achou curioso o desprendimento de Bela... ou seria ingenuidade? Ao ouvir de Bagritsky que muitos escritores almejavam viver em Odessa por ser uma cidade livre, ela confessou não ter entendido o conceito e pediu explicação.

Uma característica muito pessoal de Bela era que ela não se inibia em pedir elucidação de algo que não tivesse compreendido — fosse com quem fosse que estivesse conversando. Pouca gente era assim. "Tanta coisa eu queria saber e não tive coragem de perguntar... Por que eu não tenho a mesma audácia de Bela? Se ela estivesse aqui...", Mischka mordeu os lábios.

Bela seguia contando, para deleite de Mischka, que era estranho, quase inacreditável que, em plena guerra, atrás das janelas da mansão dos Blumenfeld, eles tivessem vivido por uma noite uma vida mais criada do que real. Os eternos argumentos entre Tolstoi e Dostoievsky, em vez dos eternos embates sobre a política, a fome, a violência e a sobrevivência do povo.

Estava feliz desejando aquela vida luminosa, mas contrariou-se ao ler o último parágrafo da carta. Bela foi contundente, dizendo que enquanto todos os que estiveram lá fugiam do bolchevismo, Mischka se agarrava aquela doutrina. Ela fizera força para entender a motivação do amado, mas não conseguira chegar a nenhuma conclusão. Por fim, confessou que sentia sua falta. E ele a dela.

56

A viagem parecia interminável; embora tivessem embarcado há dez horas, sequer estavam na metade do caminho. As poltronas eram pouco confortáveis, e Mischka sentia falta de um banho quente. A roupa já lhe incomodava o corpo. A cabeça coçava. Tinha que evitar o perigo de piolhos. Já havia uma epidemia rondando o país, e ele sabia que um único piolho poderia levar à morte por tifo.

Em 7 de fevereiro, Bela escreveu que estava muito saudosa. Cobrava sua volta. Pelo visto, continuava em Odessa até aquela data. Mischka tinha receio de que ela deixasse Odessa com a família de Hanna.

Ela contou do povo nas ruas festejando a independência da Ucrânia. Disse que receberam a notícia com o alívio de se verem livres da dominação bolchevique, do medo da violência que sabiam acontecer em Petrogrado e Moscou. Já lhes bastava o que sofreram nas mãos do Exército Branco, dos cossacos... não precisavam dos vermelhos.

Bela não sabia que os alemães tinham recebido sua Odessa como presente. Numa última cartada de colocar um ponto final na guerra com os alemães, Trotsky acabou entregando uma extensão incalculável de terras produtivas, metade da indústria da Rússia e quase todas as minas de carvão do país. Alegou que era o preço para ficarem livres e para se ocupar dos inimigos dentro da Rússia e consolidar o poder bolchevique. Mischka ainda ouvia os gritos furiosos de Lenin... "Paz vergonhosa, Leon, paz vergonhosa".

As cartas de Bela eram longas e bem escritas. Traziam a emoção da amada para lhe fazer companhia. Era bom. Principalmente quando ela não o contrariava.

Bela contou que os amigos sobreviventes do *front* haviam voltado. A Rússia estava fora da Grande Guerra. "Claro, Lenin cumpre com suas promessas" — Mischka retrucava em pensamento.

Os bolcheviques já tinham retirado as bandeiras vermelhas do alto das casas e deixado Odessa. Isso o preocupava. Muito.

Bela referia-se aos alemães com interesse. Mischka sentiu-se ultrajado. Como ela poderia falar bem deles e mal dos bolcheviques? Contava que eram muito gentis, alegres, bem-humorados. Divertia-se ouvindo-os falando alemão e o povo respondendo em ídiche, todos se entendendo bem. Mischka se incomodava com o modo como ela via as coisas. "Não consigo entender por que tantos elogios... são alemães, ela não enxerga isso?"

Bela contava da amabilidade deles, da disciplina e seriedade. Não roubavam o povo, e pagavam pelo que compravam. O comércio ficou aquecido com a chegada dos soldados. Era mesmo o que precisavam naquele momento em Odessa, quando havia um enorme entra e sai de poderes e falta total de controle na cidade. Odessa estava virando terra de ninguém. E agora, queriam acreditar que ficariam para sempre livres da Rússia e dos bolcheviques. Bela só não sabia que, atrás de toda essa amabilidade, a Ucrânia vinha sendo tratada como uma colônia alemã: grandes quantidades de grãos, gado, açúcar e matérias-primas foram despachadas para o território germânico. Não sobrou muito para os ucranianos. "Será que o mesmo aconteceria com Odessa?", ele afastou o pensamento e voltou-se para algo que o preocupava de imediato: Bela estava feliz de se livrar dos bolcheviques. "E de mim? Ela vai querer ficar livre de mim também? Sou um bolchevique".

57

Só quando o trem de Lenin estava a três estações de Moscou, o Comitê Bolchevique recebeu o aviso da chegada do líder à nova capital.

Os outros dois trens chegaram logo em seguida. Após quase 24 horas e sem uma única fatia de pão, Mischka chegou a Moscou com fome.

O caminho da estação de Nikolayevsky para o Kremlin descortinou uma cidade diferente daquela que ele recordava. À medida que passava nas ruas, não via nenhum sorriso nos rostos, só a tristeza do terrível inverno. Eram oito horas da noite. E fazia frio. Muito frio.

Mischka começou a perceber que Moscou parecia uma vila crescida, com ruas estreitas e sujas de paralelepípedos ásperos, nada como as avenidas retas e amplas da barroca Petrogrado. Além do que, nada de edifícios administrativos. Nunca tinha notado. Afinal, quando morou na cidade, era muito jovem para perceber esses detalhes.

Dirigiu-se para seu endereço no Kremlin, aonde chegou exausto, mas contente. Ficou surpreso em constatar que era o prédio-dormitório dos antigos serviçais da época do czar. Conferiu a informação uma vez mais. Sim, estava correto. Logo racionalizou a decepção. Era óbvio que seria uma estada provisória. Petrogrado tinha experimentado um êxodo em massa em um breve período por conta da ameaça de invasão dos alemães. Por razões de segurança militar, Moscou foi considerada uma sede mais protegida para o novo estado soviético do que Petrogrado. A burocracia governamental com todo o governo bolchevique, aí incluídos ministros, funcionários e militares, estava naqueles dois trens que seguiam o do líder. Era um sem fim de pessoas para serem instaladas na nova capital russa. E tudo aconteceu em um piscar de olhos.

Mischka sabia que era só uma questão de tempo para estarem todos bem acomodados. E foi ter com o encarregado do prédio, que estava de plantão para orientar os recém-chegados.

Caminhou por corredores gelados à procura do número do quarto que lhe havia sido determinado, e, à medida que seguia, o lugar se tornava mais cinza... e mais frio. Abriu a porta. O pequeno aposento estava vazio. Apenas quatro camas-beliche de ferro e uma mesinha num canto. Entrou, esquadrinhando o ambiente. Escolheu a cama superior, perto da janela. Largou a mala no chão e se deitou. Estava esgotado. No dia seguinte procuraria Krupskaya, e começaria a trabalhar. Tinha certeza de que seria muito bom. Melhor do que em Petrogrado. E ainda teria o desafio da universidade. Adormeceu.

Só acordou às seis da tarde do dia seguinte.

58

Moscou
Março de 1918

O frio estava implacável em Moscou. As ruas cobertas de neve. Mischka precisava sair mesmo assim. Tinha que encontrar o encarregado para saber onde se apresentaria no dia seguinte para o seu primeiro dia de trabalho com Krupskaya. Dormira quase 24 horas.

Levantou o cachecol para cobrir o rosto, ajeitou o gorro de pele e bateu a porta do quarto, claustrofóbico e gelado. "Essa situação não tarda a mudar". Saiu confiante e, logo em seguida, tomou conhecimento de que Lenin e a equipe se encontravam em um hotel, onde permaneceriam enquanto os espaços de trabalho e moradia não fossem definidos. "Que decidam rápido...quanto tempo eu vou passar nesse cubículo gelado?"

Sentiu fome. Atravessou a Praça Vermelha. Caminhou até perto do bairro onde morara. A portinha da mercearia do senhor Mendel estava aberta. Compraria alguma coisa para comer. Mischka se lembrou das quantas vezes em que ali fora buscar doces.

— Boa noite, senhor Mendel.

Mendel Blum apertou os olhos para identificar quem o chamava.

— Sou eu, Mischka. Mischka Sumbulovich.

— Mischkele? É você, Mischkele? — Mendel foi ao encontro do jovem, abrindo os braços, emocionado. — Que bom, que bom! Vocês voltaram para Moscou?

— Não, senhor Mendel, só eu voltei. Meus pais continuam em Odessa. Cheguei ontem de Petrogrado. Vou continuar trabalhando com o governo, agora no Kremlin.

Mendel Blum não emitiu um som.

— Como estão todos? — Mischka prosseguiu, sem perceber que o velho senhor tinha se retraído.

— Como estamos? — Mendel respondeu apontando para as prateleiras vazias. — Assim estamos, sem conseguir mercadorias para comprar nem para vender. Nada chega a Moscou. Vamos viver do quê? Estamos tentando sobreviver.

— As coisas ficarão melhores para todos, senhor Mendel, pode confiar. Lenin é muito sério e competente, está trabalhando duro para que a vida de todos se torne justa, sem privilégios só para poucos. Paz, pão e terra para todos os russos, sem discriminação.

Mendel calou-se e abaixou a cabeça. "Quem diria... Mischkele, o filho único de Yetta e David, com esse discurso..."

Ficou pensando em como os pais estariam em Odessa. "Teriam perdido a casa? O rapaz sequer percebera que o negócio já não existia mais, que não havia alimentos para venda... não se perguntou como o povo fazia agora para garantir seu sustento... parecia ignorar que os jornais não partidários estavam censurados... que os bancos e indústrias foram nacionalizados... que casas e propriedades foram confiscadas e passaram a abrigar várias famílias? Em que mundo vivia?"

59

Moscou
18 de março de 1918

Mischka acabou descobrindo que Lenin, Krupskaya e Maria Ilyinichna Ulyanova, irmã de Lenin, tinham sido acomodados provisoriamente no apartamento número 107 do Hotel Nacional, chamado de "Primeira Casa dos Soviéticos", próximo de um dos portões principais do Kremlin.

A questão da moradia e local de trabalho do governo bolchevique se tornou um problema importante. As condições encontradas em Moscou eram bem diversas das de Petrogrado.

Lenin estava ansioso pela mudança, tinha pressa. Não se sentia produtivo no espaço que chamava de acampamento, embora bastante confortável, com dois quartos e um banheiro privativo. Mischka também não via a hora de começar a trabalhar com Krupskaya.

Dias depois, ficou acertado que Lenin se mudaria para o prédio do Senado do Kremlin. O apartamento da família era formado de quartos confortáveis, grandes e aconchegantes para cada um dos três, com amplas janelas dando vista para o Arsenal. Uma cozinha própria, banheiro equipado com chuveiro e banheira, mais um lavabo, além de um quarto para uma empregada, e uma grande sala de estar.

Na mesma ala seria montado o quartel-general do líder. Compreendia uma sala de recepção do *Politburo* — Comitê Executivo do Partido Comunista, um gabinete para Lenin, uma sala de telefonia e outra de apoio. Um elevador foi instalado para que Lenin pudesse subir ao terraço para visitar a chamada "Casa de Verão", uma pequena construção para desfrutar da paisagem nos meses quentes.

O lugar era perfeito, só que demandava profunda reforma dadas as péssimas condições deixadas pelos últimos moradores, ligados ao czar. Lenin teria que ter paciência e esperar um pouco mais.

Já para os diversos departamentos do governo, a solução encontrada não foi a ideal, mas a possível. Na falta de espaço para todos no Kremlin, teriam que ficar espalhados pela cidade distribuídos em hotéis, na Escola Militar, em edifícios comerciais na Praça Vermelha e em espaços nobres em *Kitaigorod*, a Câmara Mercantil perto do Kremlin. A *Cheka* se apropriou de duas companhias de seguros com filial em Moscou — a Anchor e a Lloyd na Rua Bolshaya Lubyanka. O lugar, um enorme prédio barroco de tijolos amarelos, estava pronto e em perfeitas condições e localização.

Dias depois, em um final de tarde, Mischka retornava ao dormitório quando o encarregado lhe segredou que a instalação do novo governo tinha sido concluída, e os escritórios começariam a funcionar a todo vapor no dia seguinte.

"Já não era sem tempo. Amanhã é vida nova".

60

Mischka levantou bem cedo. Apesar de outra noite mal dormida, por conta do frio da madrugada e do desconforto de ter mais sete pessoas agora compartilhando um espaço reduzido, sentia-se contente. Estava escuro. Vestiu sua melhor roupa, deixou a barba um pouco crescida e saiu do edifício onde estava alojado. Dirigiu-se ao gabinete de Krupskaya no prédio do Senado. Caminhava pelas ruas dentro da fortificação do grande complexo do Kremlin. Prestava atenção ao seu redor apreciando a arquitetura colossal das edificações antigas. As flores começavam a despontar enfeitando os canteiros.

O imponente edifício do Senado do Kremlin, com o formato de um triângulo, ostentava uma bandeira vermelha que tremulava no alto de uma monumental cúpula. Mischka entrou pelo portão principal. O amplo salão centralizava enormes corredores que se estendiam em várias direções. Mischka foi orientado a seguir para o terceiro andar, onde se encontravam os gabinetes de Lenin e Krupskaya. Subiu por uma escadaria de pedra, com degraus desgastados pelos pés de gerações de visitantes. Passou um portão de madeira entalhada e percorreu um corredor atapetado com luxo. No alto, uma abóbada iluminada culminava em um grande espelho, dando mais profundidade e grandeza ao agora quartel general do governo bolchevique.

O cenário mudou quando entrou no departamento de Educação, de Krupskaya. A sobriedade do lugar fazia mais sentido com a causa que defendiam.

Foi recebido pelo assistente de Krupskaya, que lhe indicou uma cadeira. Foi informado de que a camarada não se encontrava naquele momento e, tão logo retornasse e fosse possível, iria recebê-lo.

O tempo foi passando, o cansaço tomando conta e o estômago começando a roncar. Ficou parado, durante horas, vendo um contínuo entra e sai de gente, e nada de ele ser chamado para ter com Krupskaya. A noite já estava caindo quando o auxiliar lhe avisou que ela não poderia atendê-lo. Que voltasse no dia seguinte.

Desanimado, cansado e faminto, voltou para o dormitório, passando antes para buscar sua ração diária de comida. Não conseguia sequer olhar as belezas que emolduravam o caminho. Esticou-se na cama fria e comeu os parcos alimentos que vinham no *paiki*. A porção que recebia uma vez por dia continuava insuficiente. Já estava habituado à fome, mas tinha esperança de que logo passaria a receber o *paiki* destinado à classe dos trabalhadores ligados à cúpula do poder, maior e mais substancial.

Durante seis dias consecutivos, a cena se repetiu. Começou a ficar desiludido. Muito mais quando se lembrava das cartas de Beile e de seus pais.

61

Na manhã do sétimo dia, Mischka cumpriu a mesma rotina. Subiu outra vez a escadaria de pedra do edifício do Senado. Cabisbaixo, desmotivado, agora bastante barbado, não tinha mais pressa para chegar. Distraído, acabou esbarrando em duas mulheres que conversavam no meio do corredor. A colisão fez com que uma pilha de livros e pastas fosse ao chão. Mischka, constrangido, desculpando-se, sequer viu quem eram. Abaixado para recolher os papéis, escutou seu nome. Surpreso, viu que era Nadezhda Krupskaya, a esposa de Lenin, quem o chamava.

Aguardara tanto por ela, e agora esse encontro desastrado. Descobriu que ela nem tomara conhecimento de que ele estivera à sua espera durante toda a semana.

— Mischka? Por onde você tem andado? Não conseguiu se instalar ainda? No outro dia o Dr. Krivorsky telefonou, perguntou por você, e eu não tive o que dizer a ele... — Krupskaya parecia contrariada.

— Não, senhora camarada... quero dizer... sim, senhora camarada, já estou instalado.

— E então, por que não se apresentou, Mischka? — perguntou em tom de reprimenda.

— Eu... — Mischka avaliava qual a resposta mais adequada. Contaria que esteve todos os dias sentado na antessala do gabinete do amanhecer ao anoitecer? Não seria uma afronta? Seria possível o assistente não ter comunicado sua presença?

Nadezhda Krupskaya não esperou a resposta. Virou-se para a mulher ao seu lado:

— Lidiya, este é o rapaz de que falávamos. — Virou-se para ele. — Mischka, esta é a camarada Lidiya Fotiyeva. Você vai trabalhar com ela. Está cuidando de projetos importantes. Julgamos que você poderá ser de grande ajuda.

— Muito prazer, camarada Lidiya. — Mischka cumprimentou-a, com polidez, mas um pouco desapontado. Contava que trabalharia com a esposa de Lenin.

— Vamos conversar no meu gabinete? — Krupskaya apontou para a entrada de seu departamento.

Dmitri Vassilivich, o assistente de Krupskaya, estremeceu ao ver o jovem que sentara à sua frente, em silêncio, a semana toda, entrar acompanhado de duas autoridades. Rapidamente abriu a porta do gabinete da chefe e, sem que fosse solicitado, serviu o chá numa bandeja. Trocou olhares com Mischka. E torceu para que ele não o denunciasse.

— Mischka, o Partido está elaborando programas muito importantes. A sua experiência no Instituto Smolni vai ser de grande importância para a camarada Lidiya. O camarada Dmitri Vassilivich — apontou para o assistente, que servia xícaras fumegantes de chá, sem parar de observar Mischka — está sendo incansável, e de grande valia para a Educação. Você será mais bem aproveitado no departamento da camarada Lidiya.

Dmitri, com um sorriso amarelo, estendeu a xícara para Mischka, que percebeu no rapaz um mudo pedido de perdão. — E por falar em educação — Krupskaya estalou os dedos — camarada Dmitri, me traga o formulário da Universidade de Moscou. Dr. Krivorsky também indagou como estava o transcurso de seu ingresso na faculdade.

Sem pestanejar, Dmitri chegou com uma pasta. Na capa, lia-se: "Universidade de Moscou, Processo de Admissão".

— Preencha todos os campos e devolva a Dmitri. Ele cuidará de tudo, e logo você dará sequência aos seus estudos.

Mischka podia jurar que leu nos olhos de Dmitri um compromisso. Foi selado um pacto de cumplicidade.

— E muito em breve vamos acabar com essa burocracia e essa desigualdade de oportunidades. A universidade será de todos. É um absurdo o grau de elitismo da Universidade de Moscou! E de discriminação também! Imagine, Lidiya, só permitirem entrada de homens. E nós, não temos vez? A revolução veio em boa hora. Já é tempo de tornarmos a Rússia um país para todos! A educação será gratuita, em todos os níveis de ensino, desde os pequeninos até a faculdade! Isso é um compromisso meu, e vai acontecer! Eu prometo!

O entusiasmo de Mischka voltara. Só estava decepcionado que não trabalharia mais com Krupskaya na Educação. Havia tantas ideias e projetos de que ele adoraria participar... E quem seria essa Lidiya? Com que tratava?

62

Não foi preciso caminhar muito para chegar ao departamento de Lidiya. Estranhou quando viu um soldado-sentinela, à entrada. Não vira gabinetes guardados por sentinelas antes. Lidiya o cumprimentou, e apresentou Mischka. De agora em diante, ele trabalharia com ela, teria a entrada livre, determinou.

Não demorou muito para Mischa perceber que estava dentro do Quartel General do governo bolchevique. Aquela era a ala onde Lenin se instalara. E, Lidiya Alexandrovna Fotiyeva era a secretária pessoal de Lenin, personalidade forte no Partido. O pensamento de trabalhar com Lenin o revigorava.

Lidiya apontava a mesa que Mischka ocuparia quando, de repente, a porta no fundo da sala se abriu dando entrada para Lenin, muito agitado.

— Lidiya, me lembre amanhã que eu tenho que ver Stalin, e antes disso me ligue pelo telefone com os doutores Obukh e Kozhevnikov, preciso tirar essa história a limpo. Vou caminhar um pouco agora, preciso arejar minha cabeça.

Mischka ficou com a respiração em suspenso, olhos fixos em um Lenin que quase esbarrou nele, mas sequer percebeu sua presença.

Lidiya Fotiyeva achou graça na reação do rapaz. Tinha consciência de que muita gente via o líder como um mito. Ela não, tinha muita admiração, mas era de outro tipo a sua relação com Ilyich, apesar de ser um tanto recente e ... secreta.

Apesar de Lenin dispor de uma equipe de secretários e auxiliares administrativos, Lidiya Fotiyeva era sua secretária pessoal. A despeito do título, era importante figura no Partido Comunista, militante desde 1904. Aos 22 anos, sua lealdade e comprometimento com a causa — e com Lenin — motivaram sua convocação pelo próprio líder para trabalhar com ele no Kremlin. Atrás de uma figura suave, uma mulher de pulso, que detinha poder.

— Você vai me ajudar com os projetos. — Lidiya explicava enquanto fechava algumas pastas, tirando Mischka do estarrecimento.

Lidiya entendeu a indicação segura de Krupskaya ao indicá-lo. Era um jovem educado, bem criado. Não pertencia ao estrato do povo. Puxou conversa.

— Claro que conheci o Dr. Krivorsky. Morei em Petrogrado por uns tempos. Krivorsky é uma figura extraordinária. — Lidiya pensou por um instante e arrematou. — Então você conheceu Lenin em Petrogrado!

Mischka sorriu, orgulhoso.

— Não só o conheci, como moramos na mesma casa.

Lidiya percebeu que tinha um jovem idealista, e inteligente, ao seu lado. Teria futuro no Partido.

— E quanto aos seus estudos? O que você pretende fazer?

— Direito, camarada Lidiya, Direito. Vou trabalhar com a lei, direitos iguais a todos.

— Muito bem então! Vamos começar! — ela apontou outra vez para a mesa que Mischka ocuparia. Em cima dela, inúmeras pastas. — Comece lendo a súmula destes projetos para que se inteire. Amanhã cedo eu reservo um tempo para repassarmos os pontos importantes e poder orientar você melhor.

Mischka sentou-se, abriu uma primeira pasta e começou a ler com atenção. Logo percebeu que aquele material era certamente de Krupskaya. Continuou, interessado, a leitura.

"Por ordem do Comissariado Geral Bolchevique, a educação passa a ser gratuita para todos."

Até aquele momento, as escolas só admitiam os filhos da burguesia abastada que podia pagar. Havia também casos de judeus, mesmo ricos, que eram expulsos. Aquilo não era uma democracia. Agora, pobres e ricos, todos, sem distinção de credo, teriam lugar nas escolas. Mischka já conseguia antever o futuro. Salas de aula abarrotadas de crianças, que aprenderiam a ler, escrever, contar, e até estudar ciências e artes — escrito no relatório! Orgulhava-se dessa Rússia que abraçava o futuro das crianças e levava a sério a educação de todos.

Estava animado para começar logo seus estudos de Direito. Seria um advogado? Ou talvez um promotor de justiça? Quem sabe um legislador ou um juíz? Só tinha uma certeza: trabalharia pela sua Rússia!

63

O Estatuto Liberal da Universidade de Moscou continuava em vigor na época da Revolução Bolchevique. A Universidade detinha a autoridade para eleger os membros do corpo docente do conselho acadêmico e oficiais administrativos. Por algum tempo, após a revolução de outubro de 1917, o novo regime não interferiu na autonomia da Universidade, apesar da hostilidade em relação à grande maioria dos professores que não abraçavam a causa bolchevique do *Narkompros* — o Comissariado do Povo de Educação. O departamento soviético de Nadezhda Krupskaya era responsável pela administração da educação pública e pela maior parte das matérias relativas à cultura. A universidade tornou-se um foco de resistência contra a revolução porque o corpo docente não concordava com o pensamento marxista e o novo regime.

Na primavera de 1918, no entanto, novos projetos foram elaborados para a democratização das faculdades. Um decreto de 2 de agosto de 1918 aboliu todos os exames de entrada e pré-requisitos e abriu a Universidade para pessoas de ambos os sexos, a partir dos 16 anos, de graça.

Um outro decreto determinou a anexação da universidade dos *rabfaki* ou faculdades de trabalhadores que tinham sido criados pela revolução. Esses cursos preparatórios especiais eram voltados para pessoas que tinham experiência, mas sem oportunidade de um ensino formal. Proporcionar mais educação para o povo e profissionalizar, principalmente, os companheiros do Partido, essa era a meta.

A Universidade de Moscou era formada pelas Faculdades de Medicina, Física-Matemática, Direito e História-Filologia. Mischka escolheu Direito. Mas logo precisou eleger outro curso. Por determinação do governo, as faculdades de Direito e História-Filologia foram extintas em setembro de 1918. Optou por Física-Matemática. Era bom em cálculo, embora gostasse por demais de literatura. Além do que, a matemática seria muito mais útil ao Partido.

64

Moscou
Maio de 1918

A vida de Mischka voltou a ficar animada. Até o seu pouco atraente aposento deixou de ser um problema, já que recebera de Lidiya a chave de um novo apartamento, pequenino, mas totalmente equipado. Ganhou também uma carteira de identificação, que lhe franqueava a cantina do Kremlin.

Os dias eram preenchidos com o trabalho no Kremlin, e as noites na faculdade. O círculo de amigos que logo formou, duas moças e dois rapazes, acabou compensando o vazio que sentia.

Os irmãos Marion e Markus Pfeiffer eram alemães de nascimento, de pai russo e mãe alemã judia. Viviam há muitos anos em Moscou e pertenciam à elite moscovita. O pai, nascido na Rússia, mas filho de alemães, cientista e pesquisador consagrado, era ligado à Academia de Ciências de Moscou. A mãe, filha de banqueiro berlinense, trabalhava no Museu Rumyantsev, em frente ao Kremlin. Markus já estudava havia um ano na Universidade de Moscou. Marion se inscrevera naquele mês, no primeiro período, logo após a promulgação do decreto de abertura para moças.

Yelena Katharina, nascida e criada em Moscou, era filha única; não perdeu tempo e se matriculou logo após a nova regra entrar em vigor. Beneficiou-se tanto da permissão para moças quanto da gratuidade nos estudos. Ávida pelo saber, essa filha de comerciantes de uma pequena mercearia logo se destacou.

E havia também Pesha. Pesha Sminovsky. Apesar de ser filho de um ator de teatro e de uma figurinista, ironicamente era o único da turma que tinha servido no exército. Conseguiu uma dispensa para cursar a faculdade. Era o mais velho do grupo. Foi com quem Mischka logo se identificou. Os cinco tornaram-se inseparáveis. Embora tivessem muita cumplicidade, Mischka preferiu não revelar que trabalhava no Kremlin. Receava ser discriminado, ou até excluído do grupo. Para todos os efeitos, fazia um trabalho burocrático.

Já era quase hora de encerrar a última aula na faculdade. O grande mestre Stepanov, que conduzia a magnífica apresentação de Matemática, propôs um desafio final para encerrar a noite. Divertido, colocou o problema na lousa, determinou cinco minutos para a resposta. A turma, em polvorosa, pôs-se a tentar resolver. Era uma questão de honra alcançar a resposta certa... e em tempo recorde.

Tempo esgotado, o professor perguntou quem tinha a resposta. Ninguém se manifestou. O silêncio pesava na classe. Yelena Katharina levantou a mão. Todos os olhos viraram-se para ela. O professor, curioso, questionou:

— Muito bem, Yelena Katharina, então você arrisca um palpite? A que número você chegou? — desafiou a aluna com um meio sorriso nos lábios, caminhando de um lado ao outro.

Yelena fitou o professor. Na turma passava um burburinho. O professor levou o dedo aos lábios, pedindo silêncio. Yelena então respondeu.

— Número, professor? Não, este problema não leva a um número, mas sim a uma oportunidade para análise. Esse desafio não requer uma fórmula específica para se chegar a um resultado, mas proporciona vários caminhos para se pensar e tomar decisões de forma independente, e delas extrair informações para serem analisadas por diversas fontes. Eu pensei... — e pôs-se a dissertar sobre suas conclusões.

Vyacheslav Vassilievich Stepanov foi em direção à Yelena Katharina, segurou seu rosto com as duas mãos e, emocionado, beijou-lhe a cabeça.

— Você vai longe, Yelena Katharina, você vai longe. Se há uma coisa em que eu concordo cem por cento com o novo governo — e uma só! — é quanto ao direito que tanto homens como mulheres têm de estudar e crescer. E você, caríssima, vai mostrar ao mundo a que veio!

Ao sairem, naquela noite quente de final de verão, Pesha Sminovsky, zombando para quebrar o espanto que envolvia o grupo, propôs:

— Então, essa vitória feminina não vale uma comemoração?

Yelena Katharina ruborizou.

65

Naquela manhã, quando Mischka chegou ao trabalho, uma montanha de pastas o esperava sobre a mesa. Muitos decretos haviam sido assinados. Precisava tomar conhecimento, se atualizar e manter as tarefas em dia. Pegou a primeira, leu, releu... O que estava acontecendo?

Decretado o fim das patentes do Exército Vermelho. "Como assim? Não haverá mais hierarquia?"

A resposta veio a seguir. *Todos serão, a partir de agora, Comissários Militares do Governo do Povo.* "Todos? Em pé de igualdade? Não sei como vai funcionar."

Começou a separar as pastas lidas no canto da mesa, inquieto.

Trotsky reinstitui o alistamento obrigatório. Ex-oficiais, militares de carreira do exército czarista serão convocados emergencialmente para assumir seus antigos postos para treinamento da tropa que formará o novo Exército Vermelho. "Mas o objetivo não era eliminar os czaristas? Agora os convocam? Então era esse o motivo dos fortes protestos que eu vi ontem... Meu Deus, o que estão pretendendo?"

Leu mais um decreto e, com coração acelerado, fechou a pasta. Lembrou-se das cartas dos pais e de Bela. O alerta de perigo. "E eu não quis acreditar neles..." *A pena de morte entra em vigor para os desertores. Um modo de impedir a ação dos contrarrevolucionários e manter o exército coeso.* "Pena de morte? Não era para ser um governo do povo para o povo, uma democracia?"

Agitado, de documento em documento, ia lendo os absurdos em forma de decretos. *Todos os outros Partidos de agora em diante serão considerados contrarrevolucionários, incluindo os antigos aliados.* "Mas eram aliados! Uniram forças para derrubar o governo czarista! Agora se tornaram inimigos? E autorizaram o estabelecimento da *CHEKA* na Praça Lubyanka dando total liberdade de ação ao camarada Felix Dzerzhinsky que assumirá o comando! Um órgão repressor com amplos poderes? ... Comissão Extraordinária de Combate aos Contrarrevolucionários, Sabotagem e Especulação... pertinho do Kremlin ... Pobre povo!"

Mischka estava tão absorto que sequer percebeu Lidiya Fotiyeva entrar.

— *Dubroye utro*, Mischka. — a secretária cumprimentou com um sorriso.

— *Dubroye utro*, camarada — respondeu sem muita animação.

— Chegou cedo? Está tudo bem?

— Sim, estou me inteirando das novas ordens. Muito trabalho pela frente. — falou sem olhar para ela.

Na verdade, estava tentando entender a motivação de tantos decretos radicais e violentos. Para onde o governo estaria caminhando? Aonde iria chegar? A política estava mesmo endurecendo... e a decepção — e o medo — tomando conta de Mischka.

No final do expediente, foi para a faculdade. Precisava falar com Pesha — àquela altura, o único que sabia o que ele fazia de fato. Compartilhou sua preocupação com o rumo que a política do Partido estava tomando. O consolo veio em forma de revelação.

Pesha o levou para um canto do jardim da faculdade. Buscava privacidade. Mischka era o único em quem confiava. A ele contou o que nunca tinha falado a ninguém. Algo que tinha presenciado, e não conseguira processar. Dividindo o fato com o amigo, Pesha tirou um grande peso do peito.

66

— Nós fomos pegos desprevenidos — Pesha relatava. — Já estava escuro, era noite, quando homens da *Cheka,* o esquadrão de polícia secreta bolchevique, tomaram de assalto a Casa Ipatiev, onde eu trabalhava, em Ekaterinburgo, na região dos Urais. Era chamada de Casa de Propósito Especial porque abrigava a família do czar.

— O que você fazia lá, Pesha? — Mischka estava curioso.

— Fazia parte do grupo da segurança da família imperial mantida prisioneira. Fomos desarmados logo que a *Cheka* chegou. Yurovsky, nosso comandante, foi quem recebeu o grupo. Àquela altura não conseguíamos entender o motivo. Também, ninguém se deu ao trabalho de explicar.

— E o que aconteceu?

— Yurovsky foi ao quarto do Dr. Eugene Botkin, médico da família do czar e ordenou que acordasse todos eles. Eu estava destacado para ficar no corredor junto dos quartos da família imperial e vi toda a movimentação. Ouvi quando a czarina Alexandra perguntou o que estava acontecendo, e o médico disse que se arrumassem para deixar a casa. Que o caos se instalara em Ekaterinburgo.

— Você os viu sair dos quartos? Como eles lhe pareceram?

— Sim, eu vi, eu vi tudo, e posso afirmar que ninguém deve ter suspeitado de nada, muito pelo contrário. O czar, de uniforme, carregava nos braços o filho doente, Alexei. A czarina, muito bem vestida, portava suas joias. A família saiu toda junta, acompanhada do médico e dos três criados. Passaram por mim. Eu percebi o olhar de cumplicidade trocado entre o casal. A czarina falou baixinho para o czar que era óbvio que o Exército Branco estava chegando para resgatá-los. Eu ouvi! Eles não fizeram perguntas. Tinham certeza de que seriam libertados. Descemos as escadas que levavam à *cave* no porão, nós da guarda os escoltando todo o tempo.

— E o que aconteceu depois?

— Foram informados de que tirariam fotos para mostrar ao Exército Branco que estavam bem. Eu vi a alegria deles. Tinham certeza de que seria a libertação. O czar pediu duas cadeiras. Acomodou Alexei em uma e a czarina em outra. O fotógrafo arrumou o grupo, dizia que todos deveriam ficar bem visíveis para não deixar dúvidas de seu bem-estar. E eles se mostraram muito disponíveis. Até sugeriram uma formação de foto. — Pesha parou por uns instantes. — Foi terrível, Mischka! Será que era mesmo o único jeito?

Então ele concluiu o relato:

— De repente, os onze homens da *Cheka* entraram na *cave* armados até os dentes. Deram ordem para que todos nós, soldados, nos afastássemos. A czarina fez o sinal da cruz, acompanhada das filhas. Yurovsky mandou que todos nós fechássemos bem as portas e permanecêssemos fora, na rua. Só que ele mesmo deixou a porta da *cave* aberta. Parei e me virei para ver o que acontecia. Ele se postou à frente da família e leu um comunicado. Ouvi perfeitamente. Dizia que o Comitê Executivo do Ural tinha decidido executá-los por conta do contínuo ataque da família à Rússia Soviética... ou algo parecido com

Saga de uma família judia na Revolução Russa

isso. Vi quando os atiradores se posicionaram ao lado de Yurovsky. O czar dizia não ter entendido. Parecia atordoado. Alguém me gritou para sair naquele momento. Ouvi ao longe o Yurovsky lendo outra vez a mensagem.

Pesha balançava a cabeça em contrariedade. Parecia não acreditar no que tinha vivido.

— Não deu nem tempo de chegar à rua quando ouvimos os disparos. Foram tantos os tiros... Os cachorros dos Romanov latiam sem parar. Só naquele momento entendi o porquê de termos sido desarmados. Foi uma execução brutal.

— E o que vocês fizeram? Desarmados e do lado de fora... — Mischka queria detalhes.

— Eu agi por instinto de guarda de segurança mesmo, Mischka. Corri de volta para a *cave*. Aquela cena não vou esquecer jamais. Me deparei com onze pessoas caídas, mortas ou feridas, na hora não pude precisar. O sangue corria pelo chão. Uma densa nuvem de fumaça causada pelos tiros tomou conta da salinha escapando em ondas pela porta. Ouvi um gemido perto de onde eu estava. Vinha do Alexei... Estava vivo! Que ironia, logo o menino doente. Quando percebi, Yurovsky se aproximou e atirou três vezes; saí correndo sem olhar para trás. Eu não podia entender e muito menos compactuar com aquela violência. Onze homens mataram onze pessoas. Não é dessa forma que se faz justiça.

Mischka e Pesha ficaram em silêncio. Não havia o que dizer. Mischka segurou a mão do amigo, deu-lhe um abraço apertado.

Aquilo ficaria entre eles. Aquele assunto morreria ali.

67

Era ainda noite e fazia muito frio quando Mischka vestiu o casacão, pegou o chapéu e saiu para a Universidade de Moscou. No caminho, uma mulher chamou sua atenção. Vestindo um sobretudo com a lã já rala e um xale envolvendo-lhe a cabeça, o andar cambaleante característico que ele guardava na memória não deixava dúvidas. Fixou o olhar nela, que percebeu e se virou, desconfiada.

— Ivanka?

A mulher, ressabiada, parou.

— Ivanka? — ele tornou a chamá-la.

A mulher encarou Mischka por uns segundos, como se tentasse decifrar um enigma de sua memória afetiva.

— Mischka? Mischka Sumbulovich? — ela perguntou, mãos no rosto.

Mischka correu ao seu encontro e a abraçou com carinho.

— Há quanto tempo, Ivanka — falou, afagando os cabelos da antiga empregada. — Como você está?

— Você virou um homem! Você está lindo, Mischka. O que você está fazendo aqui? Não foram para Odessa?

— Sim, mas só eu voltei. Estou estudando na Universidade de Moscou. E você? Está trabalhando? Como está de saúde?

— Ah... que saudades eu tenho de vocês. A vida mudou muito... — lamentou, nostálgica. — Como está a senhora Yetta? E o senhor David?

— Ivanka, vamos a um lugar aquecido para nos sentar. Comemos alguma coisa e conversamos.

Mischka não titubeou. Pegou-a pela mão e caminhou até um restaurante que poderia pagar. Seu dinheiro também estava escasso e ele se recusava a pedir ajuda ao pai.

Ivanka contou que trabalhava agora para a família de um comissário do povo. "Gente graúda no Partido, Mischka. Não são muito generosos, mas, é quem nos dá trabalho hoje ..."

Mischka omitiu que trabalhava no gabinete de Lenin. Queria ouvir o que ela ia contar.

Enquanto o país inteiro sofria com falta de comida e combustível, os estoques do Kremlin continuavam abarrotados. Os comissários viviam em confortáveis apartamentos. Ivanka contou que alguns dispunham até de *chefs* formados na França e garçons que lhes prestavam continência.

— Até batem os calcanhares quando os cumprimentam, Mischka, do mesmo jeito que era na época do czar, você se lembra?

Mischka concordava com movimentos de cabeça, mas nada dizia.

— As mulheres já não querem mais saber de nada em casa. Ou saem para trabalhar fora, ou simplesmente vão para a rua. Nem chegam perto da cozinha. As crianças ficam conosco, quase o tempo todo, ou então nessas instituições novas que cuidam delas enquanto os pais vão trabalhar.

Mischka prestava atenção. Ivanka tomou um gole d'água e continuou.

— Algumas deixam as crianças lá, mas nem trabalham... — jogava a mão para trás, em desdém. — Essas novas madames vão ao cabeleireiro toda hora, em carros com motoristas. Nada mudou, Mischka, dizem que o poder é do povo para o povo, mas o povo só passa fome e mais privação ainda do que antes. Você já ouviu falar dos membros do Comitê Central? Já? — Ivanka continuou sem esperar a resposta de Mischka. — Pois então, eles vão sempre à Ópera, também em carros com motoristas. Eu não vejo nenhuma diferença da época do czar. O poder continua com poder aliado à riqueza, meu filho.

Ivanka parou e olhou para um lado e para o outro, como que se assegurando que estava protegida para continuar a falar.

— A madame para a qual eu trabalho — imagine, tenho de chamá-la de camarada! Quanta hipocrisia! — Que camarada, que nada, é uma madame convencida, viaja de primeira classe nos trens, deixa as crianças comigo, e só quer saber de se divertir. Nem se importa com os empregados — falou tocando o casaco de lã já gasta.

Ivanka parecia ter necessidade de desabafar. E... prosseguiu.

— Todos os apartamentos foram confiscados, Mischka, se apropriaram de tudo. Eles dizem que não gostam, mas ninguém abriu mão dos luxos deixados da época imperial. Onde eu trabalho, todas as cortinas ricas continuam penduradas, os tapetes no chão, os quadros na parede. E as xícaras, meu filho, continuam de porcelana, e o samovar, de prata. Agora, o discurso é que todos são iguais, não há mais patentes, mas preste atenção: embora os uniformes pareçam iguais, perceba só, a qualidade do tecido mostra a diferença de quem manda para quem obedece.

Ivanka se calou por uns segundos. Mischka continuou em silêncio, só segurou suas mãos.

— Ah, meu filho, estamos vivendo uma triste realidade. Isso aqui é uma ditadura do proletariado. Temos que tomar mais cuidado agora do que nunca. Essa maldita *Cheka* é ainda mais poderosa do que a polícia na época do czar — que também não era boa coisa — mas agora as prisões e execuções são arbitrárias. Tudo no susto! — falou, cobrindo o rosto com as mãos, e logo tornando a olhar em volta por precaução.

Mischka ouviu o desabafo de Ivanka sem piscar. Engoliu em seco e, quando falou, sua voz saiu um pouco rouca.

— Eu quero te ajudar, Ivanka. Vou ver o que posso fazer. Você volta aqui amanhã?

Apesar da demonstração de confiança em Mischka, Ivanka estava nervosa. Ela sabia que poderia ser punida caso alguém a ouvisse falar contra o regime. Engoliu a última garfada, tomou o último gole de chá quente, levantou-se, vestiu o casacão surrado, calçou as luvas furadas, abraçou e beijou Mischka e saiu. No dia seguinte, estaria lá na mesma hora. Era bom ver que agora o menino, que ajudara a criar com tanto amor, cuidaria dela também.

68

Mischka chegou à universidade com atraso. Ficou mais calado do que o habitual. Estava disperso, não conseguia prestar atenção. As palavras de Ivanka reverberavam. Trataria de arrumar agasalhos pesados e levar para ela. Uma cesta de alimentos também.

— Está muito frio para ficarmos na rua. Vamos até em casa? — Marion propôs, ao acabar a aula.

Pesha acatou na hora. Sabia que teria algo para comer. Mischka e Yelena concordaram também.

Os Pfeiffer moravam em uma casa belíssima no mesmo bairro onde, na infância, Mischka vivera com os pais. Embora a maior parte da elite já tivesse sido despejada e destituída de seus bens, por algum motivo os Pfeiffer se mantinham em sua residência. A mãe recebeu o grupo de estudantes e ofereceu pão preto com creme azedo e chá quente. Sentaram-se em torno da lareira. Ainda havia um pouco de lenha para aquecer a sala.

Marion estava tensa e acabou desabafando com os amigos. A situação da família estava se complicando com a política.

— Acho que vamos ter que deixar a Rússia. Meus pais já estão cuidando para irmos para Berlim, para a casa da família de minha mãe. Meu pai soube que está para sair um decreto que proibirá a saída de Moscou sem uma permissão especial. O cerco vai se fechar sobre nós. Se não agirmos rápido... — Marion calou-se, engolindo em seco.

Mischka trocou olhares com Pesha. Eles sabiam a respeito desses decretos. Os Pfeiffer estavam certos em se preocupar. A política estava endurecendo com os que não abraçavam a causa. E o pai de Marion estava certo: o visto lhes seria negado.

— Mas, enfim... vai tudo acabar se resolvendo. Sempre se resolve, não? — Marion levantou-se, ajeitou a blusa e se dirigiu para a mesa onde estava o samovar. — Posso servir mais chá para todos?

— Eu aceito! — Mischka falou. — E preciso também de uma ajuda de vocês. Tenho que arrumar roupas quentes para Ivanka, uma antiga empregada da família, e algum mantimento também. Quem sabe alguém tem roupa de mulher que possa ceder? Ela já está idosa, mas ainda trabalhando. Mesmo assim, não consegue se manter sozinha. Prometi ajudá-la.

Marion, na mesma hora, se dirigiu ao seu quarto. Em questão de minutos, retornou. — Diga-lhe que desejo um inverno menos penoso para ela. — Estendeu as mãos entregando duas sacolas de roupas ao amigo.

Mischka agradeceu com um abraço e um beijo, fazendo-a corar. Um silêncio se instalou.

Pesha percebeu o clima.

— Pessoal, a tristeza está aí fora, mas a vida continua. Meu pai vai se apresentar com seu grupo de teatro no sábado no Teatro das Artes. Apresentação única de *O Jardim das Cerejeiras*, de Chekhov. Consegui entrada para todos! Quem quer ir? — Vamos prestigiar meu pai, vamos lá!

Os jovens combinaram que se veriam no sábado.

Saga de uma família judia na Revolução Russa

— Sete em ponto na frente do teatro! E, agora, vou me despedindo porque o tempo não para. — Pesha se levantou e saiu.

Yelena Katharina voltou-se para Mischka.

— Mischka, você me acompanharia até em casa? Temos alguns poucos alimentos que podemos compartilhar com Ivanka. Você vem comigo?

Foram caminhando até o ponto do bonde. Yelena esfregou os braços para se aquecer.

Mischka olhava em torno, seu bairro de infância, e percebia a quantidade de casas que tinham sido confiscadas e danificadas. O condutor parou, e eles subiram. No caminho, viram ruas quase desertas. Yelena Katharina fez sinal para descer na Rua Lesnaya. Mischka tudo observava, curioso.

— Eu vinha sempre aqui com a minha mãe! — falou como que resgatando uma memória muito antiga. — Lá no final da rua... — falou apontando — lembro-me bem. Era a loja do senhor Kobidze. Ele vendia o queijo *sulugumi,* que encomendava na Georgia. O melhor queijo-picles do mundo! Como era mesmo o nome da mercearia? — colocou o indicador na fronte tentando se recordar.

— Mercearia Kalandadze! — Yelena Katharina falou sorrindo.

Mischka se virou para ela, surpreso.

— E como é que você sabe?

— Porque o senhor Kobidze é o meu avô, e é lá que eu moro.

— Que mundo pequeno! E ainda vendem o queijo da Georgia?

— Não, o transporte agora é precário, a mercadoria mal chega a Moscou.

Já em frente à loja, Mischka não deixou de perceber o aspecto de abandono, a fachada suja. Diferente de outros tempos.

— Yelena, você não precisa dar nada — argumentava, ao ver as prateleiras da loja vazias.

— Não, sempre há alguma coisa para um dos nossos que precise. Me aguarde um minutinho.

A amiga entrou e voltou com uma pequena sacola com algumas frutas e um pouco de verdura.

Na noite seguinte, Mischka entregou as sacolas à Ivanka no local combinado, que feliz, o abençoou, o beijou e saiu. Combinaram de se ver, naquele mesmo lugar, todas as quintas-feiras, no mesmo horário. Levaria algum alimento para ela da cantina do Kremlin. Seria uma forma de cuidar de Ivanka.

69

Moscou
Julho/Agosto de 1918

A situação na Rússia se agravava cada vez mais. Moscou era a imagem da decadência. Milhares de *besprizórniki*, crianças abandonadas, perdidas ou órfãs, vagavam pela cidade. A princípio, foram acolhidas na casa de famílias temporárias. Depois, sobreviveram graças a roubo, mendicância e até prostituição. O número delas crescia assustadoramente tanto quanto o dos sem-teto. A luta era longa e amarga.

Moscou e Petrogrado estavam isoladas pela precariedade das estradas de ferro. Os alimentos não chegavam. A fome tomava proporções inimagináveis. Faltava tudo na cidade, até mesmo disciplina nas tropas bolcheviques. O antigo exército havia sido dissolvido, e esse novo exército, revolucionário, tinha pouca semelhança com uma tropa convencional. Sem uniformes, sem regulamentos definidos, sem sistema de regras, o desafio de Lenin e Trotsky era maior do que eles imaginaram. Uma onda de assassinatos de políticos tinha sido deflagrada por partidos insatisfeitos com o novo governo. O primeiro alvo foi o embaixador alemão em Moscou. Sua morte chocou toda a Europa e ameaçou a frágil paz com os alemães.

— *Khchort!* Quando se pensa que o trem está entrando nos trilhos, vem um infeliz e põe tudo a perder! — Lenin esbravejou tão alto em seu gabinete que Mischka ouviu tudo do lado de fora.

Quando Lidiya abriu a porta, passou um Lenin furioso.

— O carro já está lá fora, camarada Lenin. — Mischka informou.

Lenin foi à Missão Germânica na Casa Berg, onde leu formalmente, em alemão, o texto que elaborou e Mischka traduziu, se desculpando à Alemanha. Prometeu punir com severidade os assassinos. Mischka veio a descobrir, tempos depois, que Yakov Blumkin, o responsável pelo atentado ao embaixador no Hotel Nacional, vivia com conforto em Moscou, como agente do serviço secreto soviético. Essa foi a severa punição prometida...

A luz vermelha acendeu quando o seguinte a tombar foi Moisei Uritzky, chefe da polícia secreta, a *Cheka*, de Petrogrado. Lenin foi aconselhado a evitar multidões e se abster de fazer comícios públicos. Mas nada o impediu de aceitar o pedido do Comitê de Moscou para que discursasse nos atos públicos de dois distritos da cidade naquela mesma noite. Dizia que não se dobraria jamais às ameaças externas.

Lenin também não cedeu à vontade de Lidiya que pediu, já que não podia demovê-lo da ideia insensata de ir à Fábrica Michelson para participar de um comício, que fosse no mínimo acompanhado de uns seguranças.

— Eu não ando com segurança, e não quero mais ouvir nenhuma sugestão a respeito, estamos combinados? — Lenin trovejou, saindo da sala.

Lidiya balançou a cabeça, contrariada. Olhou para Mischka e levantou os ombros. Não havia o que fazer.

Saga de uma família judia na Revolução Russa

— Camarada Lidiya, você acha que eu poderia assistir a esse comício? Faz muito tempo que eu não vejo Lenin falar.

— É uma excelente ideia, Mischka! E por que você não convida o Ivan e o Vladimir? — falou, piscando o olho.

— Perfeito! — respondeu o rapaz, fechando as pastas em sua mesa e correndo para a porta.

Teimoso e destemido, desprovido de guarda-costas, Lenin se dirigiu à fábrica de armamentos Michelson no sul de Moscou. Acabou seu discurso com a aclamação dos operários.

Mischka, acompanhado de Ivan e Vladimir, seguranças do Kremlin, a uma distância razoável para não serem vistos, observaram quando o líder saiu cercado de aliados, conversando. Era nítido que Lenin tinha prazer em sentir que tinha alcançado o seu objetivo. Sorria.

"Camarada Lenin!" — Alguém chamou, mas Lenin não ouviu.

"Camarada Lenin!" — A mulher invocou o seu nome novamente, com mais vigor. Dessa vez, Lenin se virou e a reconheceu. Mas não conseguiu dizer uma palavra sequer. A boca de Fany Kaplan, uma ativista ligada ao Partido dos Revolucionários Socialistas, disparou como uma metralhadora.

— Vladimir Ilyich Ulyanov, você é um traidor da revolução! Vocês, bolcheviques, só subiram ao poder porque nós, revolucionários socialistas, os apoiamos. — Fany protestava, com o dedo em riste, apontando para Lenin. — Vocês acham mesmo que nós lutamos pela Rússia para aceitarmos sem resistência a proibição de nossa existência como partido político? Nós fomos o seu maior parceiro, camarada Lenin, e vocês querem simplesmente passar uma borracha em nosso partido?

Fany Kaplan se manifestou, exigindo um basta para tudo aquilo. A partir daí foi tudo muito rápido. Quando Mischka deu por si, Fany já apontava o revólver que havia tirado do bolso do casacão. Antes que os dois seguranças pudessem chegar, ela atirou três vezes. Um pandemônio logo se instalou. Lenin ainda estava lúcido quando Mischka o alcançou. Com o seu jeito autoritário, o líder proibiu ser conduzido para qualquer hospital. Tinha medo de uma emboscada. Mischka garantiu-lhe que ficaria no Kremlin. Isso foi feito com a ajuda dos companheiros que o carregaram nos braços, às pressas.

Uma equipe de médicos logo entrou em ação para salvá-lo. Cada minuto de espera parecia uma eternidade. Krupskaya, Lidyia, Sverdlov, Mischka e outros assessores próximos aguardavam, ansiosos. Horas mais tarde, aflitos, rodearam os médicos que acabavam de deixar o quarto.

— Foi uma deliberação muito difícil. Decidimos não remover as balas para não comprometer a recuperação. Ele está sedado. Recomendamos que vá para um lugar tranquilo tão logo seja possível. De preferência no campo, para que possa se convalescer mais depressa. Uma *datcha*, talvez.

Na mesma hora, Krupskaya e Lidiya determinaram a busca por uma propriedade nos arredores de Moscou, uma *datcha* para Lenin.

Já Fany Kaplan morreu quatro dias depois nas mãos da *Cheka* após ser torturada. Ela se recusou a denunciar seus possíveis parceiros e manteve o tempo todo que aquela fora uma iniciativa pessoal, em nome da verdadeira revolução russa. Foi fuzilada, sem julgamento, por determinação de Yurovsky, o mesmo que comandou a matança da família do czar em Ekaterinburgo.

70

Moscou
Setembro de 1918

A primeira medida após o atentado a Lenin foi o endurecimento da *Cheka* na repressão e eliminação dos antagonistas ao novo regime sem recorrer aos Tribunais Revolucionários. A prática mostrou que a maioria das vítimas eram cidadãos bem-sucedidos ou membros da antiga adminstração czarista.

Na casa dos Pfeiffer o movimento era de mudança. Notícias haviam chegado aos pais de Marion e Markus de que a casa poderia ser confiscada a qualquer momento, e que estava para sair o decreto de obrigatoriedade de uma permissão especial para deixar Moscou. O objetivo maior era de proibir a saída da cidade, fechar o cerco. Já se falava em valores astronômicos para se conseguir o *laissez-passer* no câmbio negro. O professor Pfeiffer, com a ajuda da Academia de Ciências de Moscou, conseguiu bilhetes para o trem que sairia naquela mesma noite.

Quando Mischka tomou conhecimento, foi direto para a casa de Marion. Yelena Katharina e Pesha já estavam lá, ajudando a embalar o máximo que a família conseguisse carregar. A viagem para

Berlim seria longa, de trem. Os alimentos e roupas que sobraram foram distribuídos entre os empregados que continuavam com eles e os amigos da faculdade. Três sacolas, já prontas, em separado, estavam com o nome de Ivanka. Mischka ficou sensibilizado.

— Tomara que a gente se reencontre em algum lugar desse mundo, algum dia, Mischka. Quem sabe? — Marion falou, acariciando o rosto do amigo — *Ich liebe dich, mein lieber Freund.* Eu te amo, meu querido amigo. Vou sentir demais a sua falta.

Mischka a abraçou e beijou, emocionado. Dessa vez, era a vida que levava seus afetos para longe. Já fazia mais de um ano que deixara Bela.

71

Naquela mesma noite, Mischka lembrou-se do maço de cartas que recebera de Odessa e que não tinha sequer aberto. A vida não estava lhe dando tempo... nem trégua. Pegou o envelope, deitou-se na cama e começou a ler.

A primeira carta Bela escrevera à luz de uma lamparina. A cidade estava às escuras, mas nada a impedia de manter contato. Pelo jeito, as panes na usina estavam cada vez mais e mais frequentes. Assim como a falta de alimentos, querosene, velas... e segurança. Apesar das notícias, a carta trazia paz a Mischka. Tudo indicava que, embora longe, eles estavam protegidos lá. Mais do que em Moscou.

Mischka abaixou a carta. Ficou pensando, olhando para o vazio. A resistência em Moscou fora mais séria do que em Petrogrado. Enquanto em Petrogrado não se derramou uma gota de sangue, a chacina em Moscou não parava. Com frequência Mischka via o povo em fila para pegar sua ração de pão, enquanto, do outro lado da rua, as tropas vermelhas atiravam. Até artilharia, carros blindados e metralhadoras para desalojar grupos anarquistas no centro da cidade eram vistos à luz do dia. Os soldados bolcheviques atacavam quem quisessem. Roubavam sem pudor. Buscavam alimentos escondidos. Aventurar-se nas ruas à noite era muito perigoso. Mischka se lembrou da correria na saída do Teatro das Artes, quando foram assistir à peça de Chekhov. Houve um tiroteio do outro lado da rua... tiveram que se proteger atrás de um muro ... Marion... Que sorte ela e a família tiveram, a casa foi tomada na mesma noite em que pegaram o trem... A *Cheka* invadiu e saqueou... foi uma devastação. Em poucos minutos, grupos de pessoas se fizeram donos das propriedades. A mão do destino fez com que eles saíssem a tempo... Mas houve famílias que sofreram muito mais, como a de Sukhodolsky, um famoso artista de teatro. Além de ter a casa invadida e bens furtados, 24 mil rublos foram subtraídos, toda a sua fortuna. Pior, foram espancados... quase até a morte.

Alguns agentes da *Cheka* se deixavam seduzir pelo poder pessoal, pelo sadismo ou pela degradação e agiam como bandidos, assassinos, não se constrangendo por convicções políticas. Tortura e morte eram instrumentos triviais. Inaugurava-se ali um novo tipo de autoridade. O culto da delação foi amplamente incentivado pelo aparelho do Estado, promovendo a destruição de famílias e uma paranoia generalizada. No final, a revolução acabou em expurgos, fome e assassinatos em massa.

Os esforços do governo de redistribuir riquezas não se restringiam a grupos de saqueadores em residências. Depois que o primeiro confisco dos bancos falhou em produzir o montante que os bolcheviques esperavam para consolidar o poder, foram decretados a abertura e o confisco de todos os cofres de depósitos privados que a elite russa mantinha nos bancos.

Os bolcheviques desmontaram todas as fundações sociais e econômicas do Império Russo. Títulos e hierarquias foram eliminados. O controle das fábricas foi entregue aos comitês de trabalhadores. Nacionalizaram bancos e propriedades da igreja. O sistema judicial foi substituído pelos tribunais revolucionários e pelos tribunais do povo. Nacionalizaram teatros. A educação foi enquadrada em critérios apenas ideológicos.

Era a primeira vez, em muito tempo, que Mischka organizava os pensamentos. Tanta coisa tinha acontecido. Agora, parecia que tudo começava a fazer sentido — ou a não mais fazer.

Voltou à carta da namorada e prosseguiu a leitura.

Bela estava indignada por terem fechado o funicular de Potemkin. Para subir do porto para casa, agora tinha que enfrentar os quase duzentos degraus. "Se não utilizava energia elétrica, fecharam sem razão? Só por maldade?" Mischka sorriu. "Ah, Bela".

Releu o parágrafo seguinte. Mal pôde acreditar. Yuriy Volkov se tornara chefe de polícia em Odessa? O pai de Yuriy era operário, trabalhava em construção. Já tinha feito alguns serviços em sua casa, e o filho o ajudara algumas vezes. O filho, ao contrário do pai, era muito invejoso e mesquinho, e se ressentia de não ter nascido em uma família abastada. Não poderia imaginá-lo com poder nas mãos.

Mischka fechou os olhos. Bela lhe fazia companhia com suas longas cartas. Ele tinha a sensação de que ela estava ao seu lado. Assim soube que fazia muito frio em Odessa, o inverno estava castigando. Que, por desespero, começaram a queimar livros para se aquecer. Moldavanka resgatou a tradição de alimentar as lareiras com estrume de vaca, na falta de madeira. Bela fazia graça da criatividade do povo, mas alertava que o cheiro que ficava impregnado na casa era insuportável.

Mischka estava tão cansado que acabou descontraindo e adormeceu, com as cartas de Bela sobre o corpo.

72

Lenin já estava instalado em uma *datcha* em Gorki, um vilarejo nos arredores de Moscou. Despacharia de lá até que estivesse de todo recuperado, em condições de voltar a Moscou. Krupskaya acompanhou o marido, e com ela foi toda sua equipe. O Departamento de Educação no Kremlin ficou vazio. Lidiya permaneceu em Moscou com Mischka para coordenar os trabalhos. Sentia falta de Ilyich.

— *Dubroye utro*, Mischka. — Lidiya cumprimentou com um sorriso triste.

— *Dubroye utro*, camarada Lidiya. Como você está?

— Um pouco mais tranquila agora. Lenin telefonou e me pediu uma pilha de documentos. Parece que está voltando à forma... espero... — sussurrou. — Você pode ir até lá? Não posso me ausentar.

— Claro! Quer que eu vá hoje?

— Agora, se preferir, assim volta cedo e não perde sua aula.

O caminho para a *datcha* despertou boas memórias em Mischka. Conforme o trem avançava, o jovem ia, pouco a pouco, reconhecendo a paisagem. Quando chegou ao portão principal, lembranças da infância o envolveram. Era a *datcha* de Zinaida e Savva Morozov, grandes patronos da arte, amigos de seus pais. Naqueles jardins, ele correra, jogara bola... Agora, toda a propriedade pertencia ao patrimônio do governo.

Mischka se identificou ao guarda de plantão em uma guarita improvisada e tomou o caminho que circundava um enorme jardim florido que levava à mansão. Avistou a porta da garagem entreaberta. Viu o Rolls-Royce Silver Ghost. Recordou-se das inúmeras vezes que andara com a capota aberta, divertindo-se com o vento, que batia no rosto. Mischka gostava de carros, desde pequeno. O barco dos passeios dominicais permanecia suspenso, esperando a temporada de água... assim como os esquis.

A *datcha* era uma das mais bonitas e bem equipadas propriedades daquela época nos arredores da capital. Dispunha de uma estação elétrica própria, aquecimento a vapor e linha telefônica. Estava claro que tudo isso determinou a escolha da propriedade rural para a residência temporária do líder.

Mischka seguiu caminhando pelos jardins — não mais bem cuidados como tempos atrás. Encontrou Dmitri, que o levou até o seu gabinete, na asa norte, junto ao de Lenin, no segundo andar. As amplas janelas arredondadas proporcionavam uma magnífica vista para o parque. A propriedade era mesmo uma beleza. Os caminhos que Mischka percorria eram todos muito familiares. Não deixou transparecer que conhecia o local. Não achou próprio.

— Aceita um chá? Água? — Dmitri fez as honras da casa.

— Obrigado. Mas preciso entregar logo esses documentos para o camarada Lenin e voltar agora para o Kremlin. Ele pode me receber?

— Sim, ele me alertou que você estaria a caminho, e pediu que entrasse logo ao chegar. Venha comigo.

Após Mischka entregar os documentos, Dmitri o acompanhou até a saída. Lenin lhe parecera bem, embora um pouco abatido.

— Está gostando de trabalhar aqui, Dmitri? — Mischka puxou conversa.

— É muito agradável, mas o volume de trabalho não diminui. Parece que Krupskaya ficou com mais energia ainda com a quantidade de oxigênio que tem por aqui... — riu da própria graça. — Lenin delegou a ela a tarefa de iluminar a cabeça do povo, e ela tem tomado isso muito a sério.

— A camarada Krupskaya tem muito conhecimento na área de educação, tenho certeza de que fará um trabalho magnífico.

— Quanto a isso não há dúvida, mas agora essa lista de livros proibidos é infindável.

— Livros proibidos? Como assim lista de livros proibidos? — Mischa franziu o cenho, sem entender.

— Não será mais permitida a leitura de visões conservadoras extremas.

— E o que exatamente quer dizer isso? Quem é autor conservador extremo?

— Muitos, mas por exemplo — pensou por um instante — Dostoievsky. — E listou alguns outros que tinha de memória.

— E como será feita essa proibição?

— Não tenho detalhes, mas me parece que vai ser como um decreto de caça a livros. Uma enorme lista de livros a serem queimados, ou confiscados para queimar.

Mischka controlou-se e não demonstrou sua estupefação. Despediu-se de Dmitri e partiu.

No trem, a caminho de Moscou, pensou na trajetória de Nadezhda Konstantinovna Krupskaya. Crescera em um mundo de livros proibidos, folhetos subterrâneos e greves ilegais. Irônico que logo ela, tendo dedicado sua vida para promover a alfabetização na Rússia, não se desse conta de que, com a proibição de livros consagrados, iria destruir tudo o que criou e pelo que lutou. Querer iluminar a Rússia banindo Platão, Kant, Schopenhauer, Nietzsche, Ruskin Leskov e Leon Tolstoi? Isso estava fora da compreensão de Mischka, que começava a se questionar se já não era hora de voltar para casa. Para Odessa.

73

Na chegada a Moscou, Mischka foi direto para a faculdade. Pesha e Yelena Katharina já estavam na aula quando entrou, em silêncio, e tomou assento.

Não conseguiu se concentrar. Repensou todos os seus passos até ali... Lembrou-se das palavras da velha Ivanka... "confiscos, ditadura do proletariado, prisões e execuções arbitrárias..." Estava tão concentrado que sequer ouviu Yelena chamar.

— Pensando em quem? — riu, puxando-o para si. — A aula já acabou, vamos, vamos embora.

Mischka sorriu para a moça e se levantou.

— Os cavalheiros querem me acompanhar até em casa? Posso oferecer um chá delicioso! — Mudando o tom, Yelena confessou. — Ando um pouco apreensiva de andar sozinha à noite... muita coisa estranha está acontecendo nessa cidade. Vocês vão comigo?

Pegaram o bonde e seguiram juntos. A noite estava muito fria, muito escura, e muito triste. Quando chegaram à mercearia, as luzes estavam acesas, e a porta, destrancada. Ninguém fez comentário algum, mas Mischka estranhou. Yelena acomodou os amigos e foi preparar o chá.

Uma jovem apareceu e se dirigiu ao pai de Yelena, que estava atrás do balcão.

"Verduras, por favor." — pediu entregando uma cesta de palha. Segundos depois, o pai voltou com a cesta cheia de folhas verdes. Ela agradeceu e saiu. Sem pagar.

Yelena chegou com três grandes chávenas no mesmo momento em que um rapaz entrava, também com uma cesta de palha nas mãos. Dirigiu-se ao pai de Yelena e pediu: Verduras, por favor". E saiu da mesma forma, agradecendo, sem pagar.

Pesha trocou olhares com Mischka. E os dois se viraram para Yelena.

— O que está acontecendo aqui? — Pesha perguntou.

Yelena Katharina ficou muda. Rosto contrito.

— Você não confia em nós? Somos como irmãos! O que está acontendo?

— Não dá mais para esconder! — Yelena falou, passando os dedos de forma distraída pela cabeleira negra. — Precisamos espalhar a notícia. A *Cheka* endureceu. A repressão aumentou. Quem tiver grãos ocultados terá punição capital imediata! — falou agitada, sussurrando, bem baixinho. — Agora as barbáries são todas em nome da lei e da ordem. O sistema de requisição compulsória está valendo a partir de hoje. Os camponeses que se recusarem a entregar os suprimentos de grãos estocados serão fuzilados no ato, sem apelação. O mesmo se aplica a especuladores de comida.

— E o que é... "verduras, por favor"? — Pesha perguntou.

— Uma senha, nós temos uma imprensa clandestina. — Yelena sussurrou, apontando para um alçapão no chão no canto da loja. — Nós rodamos o jornal, e eles escondem os exemplares no fundo da cesta para distribuir nas células e alertar o povo. Se não nos unirmos, eles nos derrotarão, e será o nosso fim, e o fim da Rússia.

Mischka e Pesha se entreolharam.

— Contem comigo — Pesha disse à Yelena.

Mischka manteve-se calado.

74

Moscou
Janeiro de 1919

A noite estava gelada, com um vento que soprava do Norte e pare-cia varar, sem dificuldade o sobretudo de Mischka. Ele foi a pé para o seu apartamento, tendo nas mãos as cartas que tinham chega-do de Odessa.

Bela estava sofrendo. Os médicos não davam mais esperança para a recuperação de seu pai. Fazia quatro meses de sua internação.

Ao ouvir o prognóstico, Faigue correu para casa, juntou todos os sapatos do marido e saiu. Decidiu doá-los sem demora. Com toda a dificuldade que se passava com o frio, não teria coragem de descar-tá-los. Nessas horas, era preciso desafiar as superstições da religião, que proibiam a doação de sapatos de um morto. Mas, Iacov ainda respirava, e eles teriam serventia. Muita gente se beneficiaria. "Ele teria gostado da atitude da mamãe". Bela ficou no hospital. Pediu per-missão para passar a noite. Precisava desse tempo, para se despedir, para liberar o pai. Os médicos a alertaram que ele não mais a ouvia. Ela sabia que ele a ouviria. Iacov sempre a ouvira... Quando o sol se pôs, Bela se sentou ao lado dele. Enquanto afagava o seu rosto, dizia-

-lhe o quanto era grata de ter tido um pai como ele, generoso, a ponto de abrir mão de ficar com ela para lhe proporcionar uma educação que ele mesmo não poderia oferecer. Bela prometeu que cuidaria da mãe e do irmão, que ele podia seguir o caminho da luz. E terminou declarando seu amor infinito. Bela concluía a carta dizendo que uma lágrima rolou no rosto do pai. "E os médicos disseram que ele não me ouviria?"

Mischka se emocionou. Abriu a última carta.

Iacov Sadowik morreu no dia 12 de dezembro pela manhã. Foi enterrado no dia seguinte. Bela não permitiu que o rabino fizesse um corte na sua blusa. Não queria saber de tradição. Ela já sangrava na alma, não precisava ser lembrada de sua dor. Foi aconselhada a ter fé em Deus. Contou que passara a noite tentando fazer uma conexão com Ele. Começou a falar com o teto..., mas o teto não respondeu. Decidiu conversar com Nathan, que se tornara seu porto seguro. Sentia sua vida despedaçada. Nathan foi sábio. Disse-lhe que se a gente se ajudar, Deus vai nos ajudar.

Mischka estava decidido. Voltaria para Odessa.

75

Moscou
Março de 1919

Logo ao chegar no Kremlin, Lidiya chamou Mischka.

— Dr. Krivorsky me telefonou hoje. Conversamos um bom tempo.

— Está tudo bem com ele? Qual o motivo do telefonema?

— Sim, ele está ótimo. Ligou para pedir que você receba uma licença para visitar sua família em Odessa. Eu posso providenciar o seu passaporte e seu visto de saída ainda hoje.

— Lidiya, há alguma coisa que eu precise saber e você não está me contando?

— Sim, Mischka. Seu pai está muito doente.

O jovem engoliu em seco. Sentiu medo e já uma ponta de arrependimento. Não tivera oportunidade de esclarecer as divergências com o pai. Sequer dera importância à sua ordem de retornar a casa. E agora essa notícia...

— Lidiya, você me autoriza a fazer uma ligação para casa? Queria conversar com minha mãe.

A solução veio mais rápido do que poderia supor, mas com um peso enorme. Seu pai internado? Pensou no drama de Bela com a recente perda. Não, ele se recuperaria, daria tudo certo. E ...faria a vontade dele: iriam todos juntos para a Palestina. Bastava de Rússia!

Mischka foi mais tarde à mercearia encontrar Yelena. Compartilhou a notícia de que voltaria para Odessa. Também contou à amiga que Lidyia lhe garantira lugar no primeiro trem para o Sul. O movimento ferroviário de Moscou estava cada vez menor, e a frequência dos trens muito irregular. A secretária de Lenin iria cuidar disso.

76

Moscou
Março/Abril de 1919

De posse dos documentos, Mischka despediu-se de Lidiya Fotiyeva, que lhe desejou sorte e acenou um até breve.

O céu estava escuro quando foi para a estação ferroviária. Yelena Katharina já estava lá com Pesha quando ele chegou carregando uma mala pequena.

Não havia serviço regular de trem entre Moscou e Odessa. Cavalos e todas as formas possíveis de transporte estavam sendo usados. Quando passava algum trem, as pessoas avançavam, com ou sem bilhete, na ânsia de escapar para o Sul. Lidiya Fotiyeva conseguira um lugar no trem-hospital que passaria por Moscou e seguiria para Orsha, e depois para Minsk e Kiev, para enfim chegar a Odessa.

A notícia de um trem a caminho levou uma multidão à estação. Valia tudo para tentar fugir de Moscou. Mesmo se apertando, Yelena, Pesha e Mischka tentavam conversar, apesar do tumulto, abrigados em um canto mais protegido da estação. Ludibriavam o tempo para fazê-lo passar mais rápido. A ansiedade dos três era visível, mas com motivações distintas.

Apitos anunciaram a chegada de um trem. A plataforma logo se encheu de gente. De longe se via o letreiro com a identificação: TREM-HOSPITAL. Os três se levantaram.

— Cuide-se bem, ouviu? E tente mandar notícias. Vamos ficar torcendo para que você chegue o quanto antes. Seu pai vai ficar bem, confie. E... diga à sua namorada que ela é muito sortuda. — Yelena piscou para Mischka.

Mischka a abraçou, e beijou seu rosto. Não havia palavras. Abraçou Pesha. Pegou a mala, esquivou-se da aglomeração e embarcou. Sequer olhou para trás. Yelena passou a mão onde recebera o beijo de Mischka. Deixou escorrer uma lágrima. Ela sabia que nunca mais o veria.

O trem estava cheio de soldados armados para prevenir ataques ou invasões. Mischka se acomodou em um canto, encolhido, se protegendo do frio. As noites foram passadas em completa escuridão. Todas as estações percorridas estavam apagadas. O cheiro de vômito e urina revolvia o estômago, mas ajudava a esquecer a fome. Mischka administrava a comida que tinha levado para a viagem. Os sons eram de gritos e músicas, de homens histéricos e bêbados celebrando a revolução. Eles ainda se mantinham crédulos.

Três semanas depois de uma lenta travessia, Mischka chegou a Odessa. Magro, sujo e com barba farta, segurando o chapéu amarrotado que parecia já ter visto sol e chuva, parecia um indigente. Yetta mal pôde acreditar quando viu o filho... Sorriu um sorriso aliviado. Como era reconfortante sentir e ver o seu menino, são e salvo. Mischka abraçou e beijou a mãe.

— David, David, venha ver quem está em casa! — Yetta chamou o marido, exultante.

O pai se aproximou devagar, com a ajuda de uma bengala. Mischka constatou que ele tinha envelhecido. Estava acompanhado de um rapaz.

— Pai! — Foi ao seu encontro e ficaram abraçados por um tempo.

— Seja muito bem-vindo de volta a casa, filho. — David falou muito emocionado, acariciando-lhe o rosto.

— Mischka, este é Alexei. — Yetta apresentou o novo empregado, que agora ajudava David. — Alexei tem sido maravilhoso conosco, um rapaz de ouro!

Mischka o cumprimentou e agradeceu sua dedicação. Abraçou os pais. Foi invadido por sensações de conforto. Estava em casa. E era muito bom.

77

Odessa
2 de Abril de 1919

Depois de um banho como há muito não tomava, barba feita e uma refeição quente, deitado em seu antigo quarto, Mischka já estava recuperado.

— Entre! — Mischka respondeu à batida na porta.

— Posso mesmo entrar? — Bela abriu devagarinho.

— Beile! Meu amor... quanta saudade! — O rapaz deu um pulo da cama e a abraçou. — Deixe-me olhar para você!

Aqueles 18 meses haviam modificado os dois. O que o tempo não faz com as pessoas em épocas de guerra! Abraçaram-se em silêncio. Beijaram-se com paixão.

— Eu senti tanto a sua falta, meu amor! — Beile confessou, acariciando o rosto de Mischka.

— Agora a gente não se separa mais... nunca mais! Eu prometo!

E se beijaram outra vez.

A distância só intensificara aquele amor.

Yetta apareceu no quarto para se certificar de que Beile jantaria com eles. Pedira à cozinheira o jantar mais especial que ela conseguisse produzir, dentro da realidade da cidade. Mas Privoz, o mercado que era a alma, a barriga e o humor de Odessa estava calado. Seus muitos cheiros e sabores não existiam mais. Sua única bica d'água estava seca. Não havia o que comprar.

Sentados à mesa, os quatro, com tanta coisa para conversar, acabaram tratando de trivialidades. Depois Mischka quis saber o que acontecera com o pai. Estava preocupado com sua saúde.

— Seu pai se sentiu mal, passou alguns dias no Hospital do Coração, o mesmo em que o pai de Beile ficou. Acabou se recuperando em pouco tempo. — Yetta explicou olhando para o marido com muito carinho.

David estava abatido e bastante debilitado. A preocupação com o filho único metido com os bolcheviques sem que ele pudesse interferir acabou fazendo com que o coração se ressentisse.

— Agora, basta! Vamos todos para a Palestina, Mischka. Lá será o nosso lar! — a mãe insistiu.

"Palestina... do coração de Moscou para a Palestina?" Um turbilhão de pensamentos atropelou a mente de Mischka. Recordou-se do entusiasmo de querer construir uma nova sociedade. "Não, agora esse idealismo não faz mais parte do meu horizonte de expectativas... eu vi, eu vi o regime bolchevique produzir cadáveres, privação, regime de terror, infelicidade, miséria, frustração..."

Para Mischka, o sonho da revolução tinha fracassado, morrido, e a euforia com que enfrentara até a fome, acabou. Se iludira, se enganara. "E agora Palestina? Eu tenho que tentar... é uma saída." Sim, Palestina, com Beile e seus pais... tinham que sair da Rússia, tinham que recomeçar, juntos.

Saga de uma família judia na Revolução Russa

— Sim, vai ser bom! — falou com vigor, estendendo os braços para os pais e acariciando-lhes as mãos.

Com o olhar, Mischka consultou Bela que, sem hesitar, concordou. Daria tudo certo. Uma vida nova na Palestina.

De bolchevique a sionista peregrino na velha nova terra da Palestina. Uma mudança radical. Mas, seria bom. Mischka estava confiante.

78

Odessa
2 de Abril de 1919

Havia rumores de que os franceses da Entente — a tríplice aliança militar da França, Reino Unido e o antigo Império Russo — já se preparavam para deixar o governo e a cidade de Odessa. Os boatos — e o temor — era de que os vermelhos assumiriam Odessa de modo decisivo, tal como fizeram com Petrogrado e Moscou. Os milhares de refugiados e nativos já se apressavam para deixar a cidade. Mas... não havia navios suficientes.

O que se via nas ruas era insegurança, confusão e muito medo.

Os Sumbulovich estavam se organizando há tempos para sair, só aguardavam a chegada do filho. Agora podiam comprar as passagens para o primeiro vapor que aparecesse.

Para deixar a cidade, era preciso conseguir autorização. O governo dificultava, mais ainda para os que tinham uma situação melhor. Mas com dinheiro, nada era impossível. David cuidaria disso com a maior brevidade.

Logo após o jantar, Yetta recebeu um recado de Maya. Um encontro marcado às pressas, de suma importância. Não era para comentar com ninguém, nem com Mischka. Saíram de carro, acompanhados por Alexei, deixando o filho e Beile conversando no jardim de inverno. Minutos depois, Yetta e David bateram à porta dos Blumenfeld.

Ficaram surpresos quando viram que Benia Yaponchik, o amigo protetor de Beile, e Faigue, a mãe dela, também estavam presentes. Todos logo se acomodaram, pressentindo a gravidade da situação.

— Tudo indica que o poder vai mudar de mãos outra vez. Parece que os franceses vão mesmo abandonar a cidade, embora neguem veementemente. Soube por fontes seguras que os bolcheviques já estão próximos. — Benia explicou.

— Meu Deus, bolcheviques não! — Yetta falou, levantando-se, sobressaltada e cobrindo o rosto com as mãos.

David a abraçou.

— Os franceses já chegaram à conclusão de que não adianta mais dar suporte ao Exército Branco. Estão evacuando a cidade. Vão embarcar todos os cidadãos franceses, ingleses e americanos que se encontram em Odessa em um vapor que vai sair depois de amanhã, bem cedinho. Consegui garantir dois lugares. Julguei que seria uma oportunidade de embarcar Beile e Mischka e tirá-los daqui. Preciso da confirmação de vocês para buscar a documentação oficial. Esses lugares, neste momento, valem ouro — Benia continuou, e todos o ouviram atentamente.

— Para onde vai o vapor, Benia? — Nathan indagou.

— Constantinopla. De lá eles podem conseguir outro vapor e ir para qualquer lugar. Lá também não é o melhor lugar para esperar até que um de vocês consiga alcançá-los, as notícias que chegam dizem que a cidade está uma verdadeira torre de Babel.

— Por mim, a Beile embarca! — Faigue falou decidida.

Saga de uma família judia na Revolução Russa

— Por mim também! — Maya endossou.

— Acho que Mischka não tem uma saída melhor... mas temos que falar com ele. — David se manifestou, com a voz frágil. Entendia que a última palavra deveria ser a do filho.

Yetta olhou para David, com olhar de indignação. Era a chance de tirar Mischka de perto dos bolcheviques.

— Eu preciso de uma resposta imediatamente! — Benia enfatizou.

Yetta olhou para David e disse:

— Mischka embarca, Benia. — Ela bateu o martelo. — Quero meu filho em segurança. Vai junto com a Beile. Falaremos com ele.

79

Yetta e David se apressaram em voltar para casa. Havia muito o que conversar com Mischka e muitas providências a tomar. Tinham encontrado a solução para proteger o filho. Beile já havia ido embora.

Benia tinha dito que os dois jovens embarcariam no dia seguinte, na calada da noite, para evitar problemas. O encontro seria na residência dos Blumenfeld, de onde rumariam ao Hotel Londonskaya, no Boulevard Primorski, próximo das escadarias de Potemkin, em frente ao porto de Odessa, onde o grupo de estrangeiros se reuniria. E, de lá, direto para a liberdade no *Imperator Nikolay*.

O relógio entrou em contagem regressiva. Faltavam 24 horas.

Mischka nem titubeou. Seria uma saída de mestre. Tinha muito que agradecer a Benia. Comprovou como a vida sempre acaba dando voltas inesperadas. "Achamos que sabemos tudo, e subitamente, percebemos que nada é tão firme como pensamos". Dormiria aquela última noite em seu quarto. Seria a sua despedida da vida em Odessa. Não tinha certeza se algum dia retornaria.

Yetta revisou as roupas que o filho vestiria, uma sobre a outra, seguindo a orientação de Benia de não levar mala para não chamar atenção. Escolheu três agasalhos, um sobretudo pesado, luvas, gorro.

Camisetas limpas. David separou o dinheiro em moedas estrangeiras e pequeninas barras de ouro que Yetta costurou na bainha do casacão. Mischka teria o suficiente para se sustentar até estarem juntos outra vez. Boa parte da fortuna já estava na Suíça. Era mais seguro assim. Não se sabia o que esperar das próximas ocupações, já que as regras mudavam a cada troca de comando.

Beile chegou esbaforida de volta à mansão dos Sumbulovich. Encontrou Mischka contemplativo, sozinho, na sala. A moça precisava se assegurar de que ele embarcaria com ela. Animada com a resposta, foi para a casa da mãe. Passaria a última noite com a família em Moldavanka.

A sensação de Yetta de ter o seu menino dormindo ao lado a fez esquecer que ele partiria uma vez mais... sem a garantia de se reverem algum dia. Tirou o pensamento negativo da mente. Não, dessa vez seria para melhor, se encontrariam em breve. Eles tornariam a viver juntos, e em paz.

Agora era dormir e acordar no amanhã.

80

Odessa
3 de abril de 1919

Yetta conferiu a hora no relógio de pé antigo da sala: quase oito da noite. Sairiam em alguns minutos para encontrar Bela e Benia na casa dos Blumenfeld.

Subiu as escadas e, da porta do quarto, se encheu de orgulho ao ver Mischka e o filho juntos. Que bela família havia formado!

As imagens de tantas lembranças passeavam vivas à sua frente. Fora uma boa vida que tiveram os três... até mesmo quando Mischka passou por sua fase de rebeldia — Yetta sorriu. "Fez parte de seu crescimento" — simplificou.

— São oito horas. Já conferiu tudo, meu filho? Falta alguma coisa? — O pai fez uma última verificação do quarto.

Mischka estava pronto. Vestia camadas sobre camadas de roupa, desde as mais frescas do verão até as mais quentes do inverno. Por sorte, fazia frio em Odessa.

Desceu para se despedir de Alexei, o ajudante do pai. Agradeceu novamente a gentileza e a atenção com que cuidava dos dois.

Nisso ouviu-se uma forte batida na porta. Alexei prontamente se dirigiu à entrada. Abria os trincos quando foi arremessado ao chão. A enorme porta de madeira foi chutada com violência pelos coturnos dos soldados que invadiram a mansão. Mischka se apressou a verificar o que se passava". A história de Petrogrado da casa da irmã de Lenin se repetindo?" — pensou. David e Yetta, estupefatos, se apoiaram na base do corrimão da escadaria.

— O que está acontecendo? Yuriy? O que você está fazendo aqui? — Mischka se dirigiu ao novo chefe de polícia, filho de um ex-operário de seu pai.

Yuriy virou-se para os soldados e ordenou. — Vasculhem a casa. Me tragam tudo que tiver de valioso.

— Yuriy, por favor, vamos conversar, tenha calma. — David falou, levantando a mão para chamar a atenção do policial.

— Soldados, subam! — o chefe gritou e apontou as escadas que davam no segundo andar da mansão. — Procurem por todos os lados. Ponham tudo abaixo se for preciso. E não desçam sem o meu ouro!

— O que você quer de nós? — Mischka estava fora de si. — Aqui não tem ouro!

Mischka não viu quando David colocou a mão no peito com o rosto retesado de dor. Yetta, atônita até então, correu para acudir o marido, que tombara no degrau da escada de mármore.

— David, acorde, por favor, acorde! Meu Deus! — Yetta dava tapas no rosto do marido, sacudindo-o. — Mischka, me ajude! — gritou, descontrolada.

Mischka acudiu imediatamente. Desesperados, mãe e filho tentavam reanimar David. Tarde demais. Ele estava morto.

Saga de uma família judia na Revolução Russa

— Menos um no meu caminho! — falou o chefe de polícia, ao se aproximar e empurrar o corpo de David com o pé.

— Você matou o meu pai! Meu pai está morto, morto! — Mischka gritou, alucinado.

— Melhor entregar logo o ouro — cobrou o chefe de polícia, impassível, em tom ameaçador.

— Yuriy! Meu pai está morto! — Mischka reagiu em desespero.

— Me entregue logo o que vocês têm! — insistiu o policial.

Yetta se levantou num ímpeto, com raiva.

— Você quer? Tome! — ela berrou, ao mesmo tempo em que arrancava os anéis e a pulseira, jogando-os no chefe de polícia — Leve essas porcarias, mas saia daqui! Saia daqui! — esbravejou. — Meu David está morto! Morto! Por sua causa! — Berrando, Yetta partiu para cima dele.

— Não toque em mim, sua velha, *zhidovka* asquerosa. — Yuriy vociferou enquanto sacava o revólver do coldre olhando dentro dos olhos de Yetta. Apontou para o rosto dela e engatilhou.

— NÃO! — Mischka gritou e, instintivamente, pegou a escultura de bronze que estava sobre o pedestal ao seu lado. Avançou em Yuriy por trás, com ferocidade, e acertou a cabeça do chefe de polícia que, com o golpe, acabou puxando o gatilho por reflexo e caiu sem sentidos. A bala atingiu Yetta no peito. Sangrando, ela caiu ao chão, ao lado de David. Mischka se abaixou e aconchegou a cabeça da mãe em seu colo.

— Mamãe! Fique comigo! — Mischka chorava, desesperado.

Yetta então balbuciou, com a voz débil: — Fuja, meu filho, fu...ja...!

A cabeça tombou para o lado. Os olhos fixos no vazio não deixaram dúvida: Yetta também estava morta.

Yuriy Volkov, desacordado, sangrava abundantemente na cabeça.

Alexei, que, impotente, assistiu à cena escondido atrás da porta, aproximou-se.

— Fuja, Mishka! Por aqui! — chamou Alexei com voz de comando, baixa o suficiente para que só Mischka ouvisse. E indicou a porta da cozinha dando para os jardins. — Quer ser morto também? De que vai valer a morte dos seus pais? Fuja enquanto os soldados não chegam!

Mischka sentiu que ele estava certo e se controlou. Beijou a testa da mãe antes de sair correndo.

— Vá direto para o alçapão! — Alexei indicou, apontando para o fundo do jardim. — Rápido, corra! Eu cuido dos soldados!

Mischka abriu a tampa e se jogou no buraco, desprezando a escada. Não havia tempo a perder.

Abalado, ouvia os gritos e os passos dos soldados pela casa. No escuro do alçapão, sabia que seria uma noite longa e penosa.

Sentou-se no chão. Abraçou as pernas. Mal podia acreditar no que tinha acontecido. Estava tudo acabado. Nada mais seria como antes. Tantos sonhos, tantos planos... para agora estar só, em completa escuridão.

81

Quando os soldados desceram, Alexei estava postado ao lado dos três corpos. O delegado, embora inconsciente e sangrando muito, respirava. Foi levado imediatamente para a viatura policial que estava na porta e direto para o hospital.

— Onde está o outro? — os soldados indagaram, fazendo menção a Mischka.

— Fugiu — Alexei respondeu, apontando para a porta da casa.

— Você vem com a gente! — O soldado pegou Alexei bruscamente pelo braço e o conduziu para a delegacia no outro veículo.

Após horas de interrogatório, foi liberado. Alexei conseguiu convencer os policiais de que nada tinha visto e de nada sabia. Era só um mero serviçal.

Decidiu procurar os Blumenfeld. Eles saberiam o que fazer.

Abalados com a notícia, Nathan e Maya mandaram recado para Benia ir vê-los. Precisavam avisar Bela de que ela teria que seguir viagem só. E tinham que cuidar dos corpos.

Benia chegou em questão de minutos. Ficou perplexo com a notícia.

— Benia, Bela não pode saber. Ela tem que seguir viagem... Sem Mischka. — Nathan atropelava as palavras. — E como vamos carregar os corpos de David e Yetta para o cemitério?

— Acabei de passar pela casa. Está toda cercada. — Alexei informou, preocupado.

Benia refletiu e sugeriu.

— A única forma será subornarmos os policiais e enterrarmos os corpos no próprio jardim da casa. Não há como transportar até o cemitério. A cidade está um caos.

— E como subornaremos os guardas? — Nathan perguntou.

— Deixem comigo. Se há uma língua que os policiais de Odessa entendem bem é a do tilintar das moedas. Eu cuido do enterro e de tirar Mischka da casa. Podem confiar.

— Mais do que confiamos nossa filha a você? — Maya perguntou, segurando as mãos dele entre as suas.

Benia acenou com a cabeça.

— E eu irei para o porto. É preciso assegurar que Bela siga viagem. — Nathan dirigiu-se a Benia. — Não sei como agradecer.

— O senhor me agradecer? — Benia sorriu timidamente. — Não, eu é que jamais esquecerei o que o senhor fez por mim e pela minha família. Ninguém teria nos ajudado. Serei para sempre grato, e jamais conseguirei retribuir à altura. Pessoas como o senhor são raras de se encontrar. Agora a vida está me dando a oportunidade de fazer algo pela sua filha. É um privilégio ajudá-lo, senhor Blumenfeld.

A mansão dos Sumbulovich continuava cercada por guardas quando Benia chegou.

— *Dobroye utro*, camaradas — Benia cumprimentou.

— *Dobroye utro*, Benia.

— Eu preciso entrar na casa.

— Não tem nada lá dentro. Nós já reviramos tudo. O que você quer? — perguntou um dos guardas.

— Digamos que eu tenha que fazer um serviço. Sei que tem dois corpos aí dentro. — Benia argumentou.

— E por que você precisa fazer isso? — um segundo homem indagou.

— Por razões que não lhe interessam. Vocês só precisam saber disso. — Benia colocou a mão no bolso e começou a tirar as notas de dinheiro, convencendo os guardas. — E isso fica entre nós, certo?

Os soldados deram de ombros, enquanto recebiam o suborno.

— Volto em seguida com mais. Vou trazer uns homens, vamos enterrar aí mesmo no jardim — Benia falou.

— Benia, o chefe está furioso. Ele deu ordens de ... — disse um terceiro homem que logo se aproximou, esticando a mão.

— E como está o delegado? Ficou bem? — Benia interrompeu.

— Está no hospital. Parece que o judeuzinho fez um bom estrago, mas o chefe é forte, sai dessa. A corporação toda está atrás dele. O chefe quer ele morto! — relatou o recém-chegado.

— Então... — Benia mediu as palavras — o chefe está sendo bem cuidado, é resistente, vai ficar bem. Os corpos não podem apodrecer aí dentro, não é mesmo? A gente faz o serviço à noite, ninguém vai ver, ninguém vai saber. Quem vai contar aqui? E a gente encomenda as almas para o céu e missão cumprida. O que me dizem? E essas notas vão cair bem para todos nós. Não mudem de turno, permaneçam aqui mesmo até acabarmos esse servicinho.

Mal escureceu, Benia chegou com quatro homens e uma mulher vestidos de preto, com sobretudos longos e chapéus, carregando pesadas pás. A mulher e um homem seguiram com ele para dentro da casa, em busca dos corpos. Os outros três homens foram direto para o jardim e puseram-se a cavar.

Em pouco tempo, Yetta e David já tinham sido preparados para o sepultamento.

Então, Benia foi para perto dos guardas. Debaixo do braço, uma garrafa de vodca e alguns cigarros.

— Vamos para o outro lado, vamos deixar esses carolas rezarem e a gente fica mais à vontade também — Benia argumentou.

Avisado da oportunidade, Mischka saiu do alçapão, protegido pela noite. Haviam lhe entregue um casacão longo preto e um chapéu idênticos dos homens. Enterrou os pais à sombra da acácia amarela de que tanto gostavam. A dor era tanta que não conseguiu derramar uma lágrima sequer. Rezou o *Kadish* e saiu misturado ao grupo de religiosos, com o corpo curvado e com o chapéu cobrindo parte do rosto.

Benia, vendo o grupo se aproximar, tirou mais notas do bolso e começou a distribuir, distraindo os guardas.

— Você deve estar ganhando um bom dinheiro com essa gente, não, Benia? De onde você tirou esse tem mais? — um dos policiais perguntou.

Benia bateu no ombro do guarda e respondeu: — Para os meus, vai ter sempre, eu garanto.

Os guardas não viram Mischka sair. Benia tratou de afastá-lo dali. Viajaram quase uma hora até alcançar as catacumbas de Odessa, onde os rebeldes se reuniam. O rapaz ficaria ali até que conseguisse embarcar para a Palestina. Os Cohen, amigos de longa data dos Sumbulovich, prometeram cuidar disso. Pouco tempo atrás haviam perdido um filho para os bolcheviques. Não deixariam o mesmo acontecer com o filho dos amigos.

Quando Mischka tirou a roupa preta para Benia devolver aos religiosos, um envelope caiu no chão. Mischka o pegou e abriu. Então

Saga de uma família judia na Revolução Russa

Mischka chorou, vendo a foto de seus pais com ele e Beile, tirada na semana que fora para Petrogrado. Benia sorriu. Ele retirara a foto da mansão para Mischka. Foi tudo que restou de sua família e de Beile, que embarcara sozinha. A única lembrança que guardaria até o final de seus dias.

82

Mischka ficou imaginando o que Bela deveria estar sentindo ao não encontrá-lo no navio. Mas nada havia a fazer. Desesperou-se. Até pensou em ir até o porto, já que a saída do vapor atrasara. Mas Benia o desaconselhou. A polícia tinha cercado toda a zona portuária, e não podiam colocar Bela em risco também. O chefe havia decretado pena de morte para ele. Chegou a oferecer uma recompensa para quem o pegasse ... vivo... ou morto. De uma hora para outra, Mischka se tornara inimigo número um do poder. Entrou nas catacumbas na noite seguinte à da morte dos pais, sem ter sequer ideia de quando poderia sair.

Esporadicamente, recebia notícia dos Cohen, que estavam mais e mais empenhados em encontrar uma solução para ele.

O tempo foi passando, e ele dentro das catacumbas.

Um dia o senhor Cohen, em pessoa, apareceu eufórico. Já era dezembro de 1919. Tinha conseguido três passagens no vapor *Ruslan*— o barco que levaria a nata dos sionistas de Odessa para o porto de Jaffa, na Palestina.

— Mas como vou sair? Meu nome está em todos os lugares! — Mischka reagiu com desânimo.

Bela de Odessa

— Você embarcará como nosso filho. Eu recebi os três passaportes para a minha família. E como você sabe ... — o senhor Cohen baixou a cabeça e o tom da voz — os bolcheviques tiraram a vida do meu Mischka. — Você sairá com o passaporte dele! — falou com entusiasmo, segurando os ombros do jovem.

Mischka não tinha palavras. Abraçou o velho Cohen, que lhe disse:

— Não vamos perder outro Mischka. Você será Mischka Cohen daqui para frente e partirá conosco no *Ruslan*... direto para a Palestina!

O senhor Cohen abriu o passaporte mostrando a foto de Mischka Sumbulovich em um passaporte com nome de Mischka Cohen.

Pela segunda vez recebia o nome Cohen. Seu pai era da tribo Cohen na tradição judaica. Mischka, portanto, também era um Cohen. Agora seu nome civil seria Cohen. Cohen duas vezes. Só tem vida o que recebe um nome.

83

Nova York
Maio de 1996

Após quase oitenta anos sem pensar que um dia fora Mischka Sumbulovich, Michael passava a limpo a sua vida.

— Sabem? Talvez minhas lembranças não correspondam à realidade. Será? Às vezes fico com a sensação de que pode mesmo não ter sido daquele jeito. Tenho muitas visões de como foi minha vida com Beile. A minha memória está toda esburacada. É... a memória é mesmo um instrumento bem falível.

Pediu um copo d´água para Garcia. Tomou vagarosamente. E respondeu à Natasha.

— Agora você já sabe por que eu não embarquei com a minha Beile, com a sua bisavó. — Com a voz baixa, exaurido, ele se recostou na poltrona. Natasha enxugava as lágrimas que não conseguia conter.

— Você nunca me contou isso antes, vovô! — Richard exclamou ao se levantar, e dar um forte abraço no avô.

— Não, depois que eu saí de Odessa não contei essa história para ninguém. Ela ficou guardada comigo. Vocês estão sabendo agora por que eu não embarquei naquela noite. Foi uma catástrofe. — Mischka explicou.

Natasha estava estupefata. Só pensava em ligar para a mãe. Quando Regina ouvisse aquela história...

— Nos perdemos mesmo na vida, foi isso — Mischka concluiu.

— E o que aconteceu depois, Mischka? — Natasha perguntou.

Mischka ergueu as sobrancelhas e respondeu:

— Mischka Sumbulovich ficou para sempre em Odessa. Embarquei com os Cohen no *Ruslan*, o último navio que partiu levando seiscentos sionistas. Naquela época chamavam de Palestina a região de Israel. E de Jaffa vim para Nova York. Comecei vida nova. Trabalhei muito duro. Não foi fácil, mas não dá para passar a vida com medo de perder o que a gente não tem. Fui para Yale e, depois de formado, criei a empresa. Daí minha vida foi uma conjunção de fatos... E o resto vocês já sabem.

— Mas você não tentou encontrar a avó Bela depois disso tudo?

— Eu procurei por ela, mas sem sucesso. — Mischka falou entristecido. — Nossos elos estavam rompidos. Não tinha mais ninguém em Odessa. Os Blumenfeld haviam sido mortos meses depois, a família de Bela tinha saído, Benia fora assassinado pelos bolcheviques, e eu não conhecia ninguém que nos ligasse. Eu procurei muito por Beile Sadowik, mas não a localizei em lugar nenhum.

— Vovó passou a se chamar Bela Rozental depois de casada no Brasil — a jovem esclareceu.

Michael parou por uns minutos. Tomou mais um gole de água.

— E então o senhor nunca mais viu a Beile... — Natasha concluiu reticente.

Saga de uma família judia na Revolução Russa

Michael silenciou. Observava aquele rosto de inacreditável beleza, emoldurado pelos cachos negros escuros, impossíveis de serem domados por completo e os olhos que falavam.

— Minha Beile! — falou com saudade e carinho — Como Beile era linda! — Eu sempre achei que pudesse reencontrá-la algum dia. Tinha esperança. Imaginava como seria esse encontro. Sonhei com isso. E a vida foi me levando. — Mischka calou-se de súbito.

— O que foi, Mischka?

— O destino quis que nos encontrássemos outra vez.

Natasha e Richard olharam-se boquiabertos.

— Eu vi a Beile uma vez mais. Foi quando eu tive que tomar a dura decisão de sair da história da vida dela... definitivamente — Mischka recordou.

84

Nova York
Agosto 1934

Michael Cohen era o convidado de honra do voo inaugural do *S-42*, uma aeronave de última geração projetada por um conterrâneo da Ucrânia, Igor Ivanovich Sikorsky.

Incorporada à frota da Pan American World Airways, com serviço para 32 passageiros e 5 tripulantes na rota para a América do Sul, saindo de Miami para Buenos Aires, a aeronave era o resultado bem-sucedido da obsessão de um grupo de sonhadores. Tinha a capacidade de cruzar o oceano em dias ao invés de semanas, com o mesmo *glamour* dos navios transatlânticos, atendendo a passageiros ricos e famosos, e não só a carga e correios.

Michael criou uma estratégia para que Wall Street comprasse a iniciativa. As ações da Pan American se valorizavam a cada dia. Os empresários e homens de negócios se rendiam à ideia de poupar tempo no deslocamento entre os Estados Unidos e as capitais da América do Sul.

Na manhã do embarque, a multidão, curiosa, ocupou todo o espaço do novo e luxuoso Terminal de Passageiros do Dinner Key, em

Coconut Grove, às margens de Biscayne Bay, em Miami. As limusines paravam em frente ao píer. Os passageiros eram recebidos pela tripulação, vestida de engomados uniformes marítimos, que fazia as honras da casa. O tapete vermelho mostrava o caminho para a entrada do Clipper, e uma pequena escada levava ao hidroavião, que flutuava nas águas calmas da baía. Michael ficou impressionado. A elegância e o bom gosto chamavam a atenção. Paredes forradas de mogno polido serviam para isolar o ruído e a vibração dos motores. Banheiros equipados com água corrente quente e fria. Camas-beliches cobertas com lençóis de qualidade superior. Salão com luxo de um restaurante de classe.

Esse era o sonho de Juan Trippe, o idealizador do projeto. Tudo indicava que a ocasião ficaria para sempre na memória de Michael. Essa não seria uma aventura qualquer.

Todos acomodados em suas poltronas, os motores do *S-42* foram ligados. Era hora de partir. O hidroavião deslizou pelas águas e levantou voo. Michael olhou a cidade apequenar-se. O serviço primoroso a bordo e a animação dos passageiros indicavam que o passeio de duas semanas seria memorável. As 12 mil milhas seriam voadas só à luz do dia. As noites seriam em terra, nos luxuosos hotéis da Pan American Airways, com direito a passeios locais. Michael estava animado para conhecer Cuba, Haiti, Santo Domingo, Trinidad, Guianas — locais onde aportariam.

"Dizem que o Rio de Janeiro é a cidade mais bonita do mundo" — quem puxou assunto foi John N. Wheeler, seu vizinho de poltrona, jornalista do *New York Times*, que acompanhava o voo inaugural para relatar a jornada. Michael daria o seu veredito quando chegasse.

Tudo correu muito bem até cruzarem a linha do equador. De repente, um denso nevoeiro envolveu o *S-42*. O medo invadiu os passageiros, mas a habilidade do piloto foi definitiva para levar o *Clipper* a um pouso forçado na semiescuridão ao largo da costa brasileira, longe do porto do Rio de Janeiro. Embora o avião tivesse pousado, a apreensão persistiu. Dormiram — os que conseguiram pregar os olhos — dentro da aeronave que, somente no dia seguinte, rumou para o seu destino: Rio de Janeiro. Wheeler escreveu: " Nunca antes a água pareceu tão boa para qualquer um de nós".

A demora causou mais divulgação do voo inaugural da Pan American em terras brasileiras e reforçou que, para a companhia, a segurança estava sempre em primeiro lugar.

Quando o *Clipper* pousou no Rio, o porto estava apinhado de gente por todos os lados. Era um momento histórico e solene. A banda militar tocava. Getúlio Vargas, presidente do Brasil, aguardava com a esposa, Darci Vargas, que batizou oficialmente o *S-42* de *Brazilian Clipper*. E John Wheeler registrou.

Havia muita curiosidade em famílias inteiras que esperaram no cais do porto. Os passageiros desciam do avião quando a banda começou a tocar samba para receber os ilustres visitantes. As pessoas acompanhavam o ritmo da música.

Michael não sabia para que lado olhar, tudo era tão espetacular, tão exótico, tão diferente. E o jornalista não parava de tirar fotografias. Tinha que documentar todos os momentos.

Como que tendo levado um choque elétrico, Michael, de repente, petrificou. O jornalista percebeu e se preocupou:

— Está tudo bem, Michael? Está sentindo alguma coisa?

Michael não respondeu. Os olhos fixos em uma família a poucos metros de distância, o coração acelerado. O jornalista acompanhou o olhar de Michael.

Bela de Odessa

— Quem são eles, Michael? Você os conhece? — Wheeler perguntou sem tirar os olhos e a lente da família. Viu quando o homem enlaçou a cintura da mulher, numa clara atitude de marido apaixonado, e seguiram em frente, com três crianças correndo, brincando, rindo.

— Você os conhece, Michael? — Wheeler insistiu.

Michael não respondeu. Permaneceu mudo e imóvel.

— Michael, fale comigo! — O jornalista chamou. — Michael!

Michael, estarrecido, acompanhou a família, com assombro no olhar, até que o grupo sumiu entre a multidão. Wheeler documentou cada passo daquelas cinco pessoas.

• • •

Quinze anos depois da saída de Beile de Odessa, Michael a reencontrou assim, ao acaso... no porto do Rio de Janeiro. A luminosidade da cidade combinava com a luz natural de Beile. A sua Beile se transformara em uma mulher deslumbrante. Já tinha seus trinta e poucos anos... pelo visto, três filhos, um marido bem-apessoado, elegante em seu terno de linho claro, chapéu panamá. Pareceu-lhe um cavalheiro... e, muito enamorado. Beile estava diferente... os cabelos curtos, sofisticada. De batom! Beile não usava batom... Michael jamais esqueceu essa imagem. O porte firme, vestido de seda esvoaçante, segurando firme na cabeça o chapéu de aba larga, que cismava em voar ao vento. O riso solto era o mesmo. As crianças brincando, se divertindo. Pareciam todos felizes. E ele? Quando seria feliz?

Quando Wheeler soube da história, insistiu.

— Você vai falar com ela, Michael? Vai procurá-la?

—Falar o quê? É claro que ela está realizada, com uma família formada. Eu estragar a vida dela? Jamais!

— E será que ela não viu você?

Saga de uma família judia na Revolução Russa

— Acho que não. Por um momento eu achei que ela tivesse me visto, foi um olhar rápido, mas ela estava tão envolvida com o marido e os filhos. Ela não me viu. — Mischka concluiu.

Dias após o retorno a Nova York, Michael recebeu um envelope. Dentro dele um exemplar do *New York Times* com a matéria do primeiro voo de hidroavião ao Rio de Janeiro. Junto havia inúmeras fotos de Beile com seu marido e filhos. E foi olhando aquelas fotos que ele tomou uma decisão: iria fazer como Beile, se casaria e formaria uma família.

85

Nova York
Maio de 1996

— Naquele dia, no porto do Rio, foi intencional ficar longe de Bela. Nós achávamos que passaríamos a vida toda juntos, mas o destino não quis assim. Ela formara uma família, era nítido que estava radiante. Eu não tinha o direito de atrapalhar! Não era para ser... Já não éramos mais as mesmas pessoas. Eu mudei de identidade. O Mischka Sumbulovich ficou para sempre em Odessa. O Michael Cohen emergiu das cinzas e renasceu na América. Foi também aqui que reencontrei sua avó Marion... — calou-se, emocionado.

— *Oma Marion* — Richard recordou-se da avó alemã.

Marion Pfeiffer chegou sozinha a Nova York, enviada pelos pais para fugir das atrocidades do nazismo quando já se anunciavam. Foi a mão do destino que voltou a juntar os colegas de faculdade fazendo com que se vissem em casa de amigos comuns. Ela e Mischka tinham se conhecido em Moscou e estreitaram os laços de carinho. Marion havia fugido para Berlim junto com os pais e o irmão na noite em que confiscaram a casa onde moravam. Depois daquele dia, ela e Mischka nunca mais souberam um do outro... até se reencontrarem. Logo decidiram se casar, e formar uma família. Um só tinha ao outro. E muito afeto.

— Ela era muito alegre, divertida, gostava de cantar ... Era muito carinhosa. — O neto saudoso lembrou-se da avó.

— Sim, Richard. Marion foi uma mulher maravilhosa, uma grande companheira. Tivemos uma vida muito harmoniosa, mas nossa felicidade não durou muito. Perdemos nossa única filha... nossa Miriam. Aquele acidente terrível que nos roubou os seus pais, toda a vida da gente. Depois Marion não aguentou a dor... e foi-se também. — Mischka lamentou.

"Quantos infortúnios um ser humano consegue suportar? Quantas perdas brutais Mischka sofreu!" — Natasha ponderou.

Espantando a tristeza, do jeito com que aprendera a lidar com a vida, o avô de Richard arrematou: — Mas ganhei você! Você veio morar comigo e nos reerguemos juntos. Acompanhei o seu crescimento de perto — olhou para Richard com amor. — Você me trouxe a alegria outra vez... — pausou para concluir — E viver é bem mais do que existir.

Richard se levantou e sentou-se ao lado do avô. Segurou sua mão e o beijou.

— E vejam como a vida é surpreendente... — Michael falou com entusiasmo, apontando para o jovem casal. — Beile e eu não éramos para ser, mas vocês estão aqui, os dois juntos. O meu neto e a bisneta da Beile! — Abriu um largo sorriso, balançando a cabeça em reconhecimento. — Não há presente maior do que o tempo. É a vida que se renova... Nada é por acaso. Nada mesmo...

86

Começava a escurecer. Nem se deram conta do tempo que passara tão rápido.

Mischka fez sinal para Garcia, que o ajudou e lhe entregou a bengala.

— Agora eu estou muito cansado. Se vocês me dão licença, eu vou para casa, preciso repousar. Amanhã nos vemos, meus queridos. — Mischka despediu-se do jovem casal.

Natasha beijou Mischka com afeto. Richard abraçou o avô. Acariciou o seu rosto. Estavam todos muito comovidos com essa história tão incrível, guardada há oito décadas.

— Peguem um táxi, Garcia. Meu avô não vai conseguir caminhar até em casa. O dia foi exaustivo hoje — Richard falou.

— E muito importante — arrematou Mischka — um dos mais importantes de minha vida. Acreditem!

Mischka caminhava com o auxílio da bengala e o apoio de Garcia. Parou, se virou e falou:

— Muito obrigado, meus queridos! Eu estou muito feliz, muito feliz mesmo.

Bela de Odessa

— Eu amo você, vovô! — Richard sussurrou enquanto o abraçava. Naquele momento Michael sentiu o peso dos anos e deixou-se embalar pelo neto.

• • •

Já em casa, no quarto, pronto para dormir, Mischka pediu a Garcia que pegasse um envelope guardado no armário. Abriu-o devagar. Viu as fotos desbotadas, amareladas com o tempo, tiradas de Bela com a família que o repórter lhe enviara há 62 anos. Na cômoda, o retrato dos pais com Beile e ele. Garcia se preparava para cerrar as cortinas, quando Mischka lhe pediu que as deixasse abertas. Queria olhar o céu estrelado. A noite estava linda. Garcia se certificou de que o patrão estava bem acomodado na cama, pediu licença e se retirou.

Epílogo

Mischka segura o retrato e olha o rosto de Beile por um bom tempo. Fecha os olhos suavemente. Ouve o som de um piano, uma música que vem em um crescendo. Os acordes ressoam alto, o som das cordas, as notas ocupando todo o espaço...

"Beile... é você tocando, meu amor? Sim, é a sua música, *O Lago dos Cisnes*... Beile, eu estou te ouvindo... você toca lindamente... Você está sorrindo para mim? NÃO? Não fique zangada, não estou mais falando de política, estou prestando atenção só em você... Sim, meu amor, eu reconheço... eu sei, me desculpe... Você está linda com seu vestido de festa... Você está radiante ... Sim, minha Beile, sim minha vida... estou ouvindo, que música linda... Vamos dançar a sua valsa?"

Mischka rege com as mãos no ar, acompanhando o ritmo da música.

"Não pare, Beileke querida, não pare, você toca lindamente! ... Mas é claro, claro que eu estou sentindo a sua emoção, meu amor".

A música cessa. Faz-se silêncio. O vento entra no quarto balançando a cortina. Os braços de Mischka pousam sobre o peito, como um abraço.

"Eu estou correndo, Beile, eu estou indo bem rápido, me espere. Sim, eu estou te vendo aí no alto do navio... Cuidado! Não se debruce tanto na amurada... estou indo bem rápido, bem rápido, não vê? Já estou chegando..."

O coração de Mischka acelera. O suor escorre pelo rosto.

"Espere por mim, Beile. Já estou a caminho, meu amor. Nós vamos ficar juntos, ser felizes, finalmente. Sim, meu amor, vamos deixar tudo para trás. Não, não quero mais saber de nada daqui. Sim, eu prometo. Chega de brutalidade, chega de desencontros..."

O apito do vapor soa forte.

"Eu estou correndo... vão recolher a escada, mas eu vou conseguir, vou conseguir... dessa vez eu consigo, você vai ver!"

O apito do vapor torna a soar. A escada começa a subir aos poucos. Mischka corre cada vez mais rápido, tem que alcançar o navio. Olha para cima e vê Beile estendendo-lhe os braços.

"Beile!" — ele grita acenando para a amada — "Eu estou chegando!"

Mischka enche o pulmão de ar, dá um pulo gigantesco voando até a escada em movimento. Agarra-se a ela com todo vigor. A água do mar bate forte no casco, sacudindo a embarcação. Mischka sobe degrau por degrau, segura no corrimão, faz força para não se desprender, se protege das ondas que ameaçam derrubá-lo.

"Eu não vou soltar, não se preocupe, eu sou forte, eu vou conseguir, me espere, meu amor, eu já vou chegar".

Mischka alcança o convés, ofegante, até que toma Beile nos braços. Beija-a com sofreguidão, tanto amor guardado por tanto tempo...

"Meu amor! Nunca mais vamos nos separar, eu prometo. Eu te amo tanto, tanto..."

Mischka olha para Beile. Pega-a no colo e a gira no ar. Beile, leve como uma pluma, ri e chora ao mesmo tempo. Abraçam-se no abraço mais apertado. Finalmente, são um só.

O apito soa pela última vez... As amarras são recolhidas, e o navio parte. Odessa vai se afastando até sumir no horizonte.

22h18. Cinco de maio de 1996. Mischka e Beile partem juntos, enfim.

Algumas palavras e agradecimentos

Devo a muita gente a possibilidade de escrever este livro. Meu *Bela de Odessa* não teria acontecido sem as tardes de *brainstorming*, conversa e trabalho com Luize Valente, a melhor e mais generosa Mestra e amiga, grande autora de romances históricos, com quem muito aprendi. Nem sem a cumplicidade da querida *Bambina*, Sandra Magaldi, que me acompanhou desde os primeiros lampejos até a forma final da narrativa. E nem sem os pitacos, sempre bem-humorados, de Valmir Barbosa, nosso eterno "21", nos memoráveis encontros da Oficina Literária de Luize Valente, regados a café e muitas risadas.

As longas e bem-sucedidas viagens de pesquisa não teriam ocorrido sem a companhia de meu eterno amor — Roberto — que, mesmo tendo afirmado que jamais pisaria na Rússia, me acompanhou em três viagens, e se encantou a cada vez. Odessa, Petrogrado (São Petersburgo), Moscou e Constantinopla (Istambul) foram destinos profundamente pesquisados.

Odessa foi um capítulo à parte. Passamos uma semana inteira em companhia de Olga Bokhonovskaya, fundadora do Odessa Walks, profunda conhecedora da história da cidade. A emoção me arrebatou muitas vezes num mesmo dia, nas ruas percorridas por meus antepassados, no mercado em que saciaram sua fome. Ouvi seus gritos de socorro e suas risadas. Senti medo, mas logo me senti forte. Ouvi as águas do Mar Negro baterem no casco dos navios que os salvaram do massacre e da miséria. Mergulhei no estilo de vida da época e nas tradições. Pisei na praia onde viveram seus sonhos... O Mar Negro e sua areia vieram comigo em uma garrafinha. Trouxe folhas da acácia amarela da casa que elegi como residência dos Blumenfeld. Escrevi o livro cercada da energia dessa terra.

Contei com a assessoria de Elena Karakina, do Museu de Literatura de Odessa, extraordinária conhecedora da literatura russa e da cidade. Ela abriu portas e caminhos obstruídos pela burocracia pós-soviética. Destrancou as correntes franqueando os pátios de Moldavanka.

Fechei os olhos e me deixei levar à casa onde minha família russa poderia ter vivido. As paredes tomaram vida, estava pronto o cenário real dessa história onde tudo começou. Senti os cheiros, ouvi as crianças brincando. O dia perfeito acabou com uma visita guiada ao museu. Em 24 salas, duzentos anos de história contados por cerca de trezentos escritores. Indescritível a emoção ante os óculos de Isaac Babel, expostos em uma caixa de vidro. E o piano negro, de cauda, que, sem um som, desencadeou a lembrança de um concerto do próprio Franz Liszt naquela sala. Saí da antiga mansão do Príncipe Gagarin, agora conceituado museu, já saudosa e com uma pilha de livros, diários, crônicas de época e contos contemporâneos e nativos de Odessa, que me ajudaram a montar a trama com detalhes daquele tempo.

Nunca teria conhecido a "verdadeira" Rússia sem contar com a generosa colaboração de Maria Kobakhidze, historiadora moscovita, testemunha ocular da História, que me desvendou os mistérios da alma russa de Moscou.

Saga de uma família judia na Revolução Russa

À equipe do Museu Judaico e do Centro de Tolerância de Moscou, muito obrigada pelas infinitas horas de conversas e esclarecimentos.

A Suely Marques, uma das melhores pessoas que conheci, *un gros gros merci, eternellement merci* — minha infinita gratidão por ter me aberto as janelas do mundo, mostrando o que a vida tem de mais precioso.

Um agradecimento especial ao querido amigo Mateus Kacowicz, filho e neto da Rússia, profundo conhecedor de sua história, editor, tradutor e escritor de primeira, que revisou o *Bela* com enorme carinho e dedicação. Suas sugestões e observações me fizeram mergulhar ainda mais na história dessa terra.

Bela passou um mês internada. Os procedimentos cirúrgicos e as intervenções médicas foram descritos com a assessoria precisa do neurologista e amigo Dr. José Maurício Godoy, que também pesquisou a medicina do passado, deixando-me segura quanto à veracidade dessas descrições.

Meus agradecimentos a Marilena Moraes, revisora que dedicou a *Bela* seu olhar exigente à exaustão.

Agradeço a leitura rigorosa de meu primeiro leitor-crítico, sempre justo e objetivo, o amigo e Rabino Nilton Bonder, e suas palavras generosas.

O sincero "obrigada" a todos os amigos que fizeram a primeira leitura e acrescentaram sugestões para o desenvolvimento do texto. A Edvane e Francisco Azevedo, pelo afeto; a Anette Rosenfeld, pela parceria; a Vera e Flavio Martin, pelo estímulo; a Gabriel de Luna Pimenta, pela leitura certeira; a Carmen Gueiros, pela atenção; a Marita Graça Bittencourt, pelo cuidado; a Eliana Gabbay, pelo incentivo; a Esther Bonder, pela força.

Todo meu amor e gratidão à minha filha Patricia, pelo apoio e carinho incondicionais, pelo estímulo quando decidi resgatar os sonhos adormecidos e enfrentar um vestibular aos 56 anos, e pelo desafio lançado para que eu escrevesse um romance histórico. Você me fez acreditar que valeria a pena. Valeu sim, filha!

Todo meu amor e afeto aos meus filhos, Flavio e Fernando, e às minhas noras Rebeca e Débora, que me deram o que há de mais caro na vida — meus netos — e me impelem sempre a ser uma pessoa melhor. Meu carinho ao Rafael, meu genro.

Meu caloroso agradecimento a Luciana Villas-Boas e Raymond Moss, mais do que meus agentes literários, amigos de coração, por acreditarem e apostarem no *Bela*. Obrigada a Anna Luiza Cardoso e à equipe da agência VB&M.

Minha gratidão ao Dr. Claudio Luiz Lottenberg, que acreditou no texto, nele reviveu a história de sua própria família e ajudou a tornar *Bela* uma realidade.

Agradeço à Editora dos Editores — EE, em especial a meu editor, o querido Alexandre Massa, e a todos que participaram da edição, distribuição e promoção do *Bela* pelo empenho e pela dedicação.

Personagens Históricos

Muitos dos personagens apresentados nesse livro são históricos. Estabelecer um limite entre a História e a ficção foi um desafio nesta minha jornada. Precisei definir regras.

As falas políticas correspondem aos relatos históricos publicados na língua original em que foram pronunciadas, traduzidas para o Inglês e vertidas para o Português de modo resumido ou adaptadas da forma mais exata possível.

Quando as figuras históricas interagem com meus personagens fictícios, elas podem ter realmente dito o que falaram em algum momento, ou poderiam ter dito dentro do contexto da época. Procurei me ater na maior parte do texto a diálogos reais colhidos na pesquisa feita com a ajuda de historiadores e literatos russos, inúmeros livros e diários de época.

Lista de Personagens Históricos
(em ordem alfabética)

- **Alexander Kerensky** — Último primeiro-ministro do Governo Provisório Russo
- **Anna Yelizarov** — Irmã de Lenin
- **Ataman Grigoriev** — Oficial cossaco no exército imperial russo. Após a revolução russa, mudou de lado várias vezes, até ser nomeado Comandante na captura de Odessa pelo Exército Vermelho em 1919
- **Czar Alexandre II** — Apelidado de "O Libertador" pela Reforma Emancipadora de 1861, foi o Imperador da Rússia de 1855 até seu assassinato em 13 de março de 1881 no Palácio de Inverno em São Petersburgo
- **Czar Alexandre III** — Foi o Imperador da Rússia de 1881 até sua morte em 1894. Era o segundo filho do czar Alexandre II com sua esposa, a imperatriz Maria Alexandrovna. Alexandre era um grande conservador e reverteu várias das reformas liberais realizadas por seu pai

Bela de Odessa

- **Czar Nicolau II** — Foi o último Imperador da Rússia. Filho de Alexandre III, governou desde a morte do pai, em 1 de novembro de 1894, até sua abdicação em 15 de março de 1917, quando renunciou em seu nome e em nome de seu herdeiro. Durante seu reinado viu a Rússia decair de uma potência mundial para um desastre econômico e militar. Nicolau, apelidado de 'O Sanguinário' pelos pogroms antissemitas e pelo Domingo Sangrento, aprovou a mobilização de agosto de 1914 que marcou a entrada da Rússia na Grande Guerra e a consequente queda da dinastia Romanov com a Revolução Russa em 1917. Nicolau II, sua mulher, filho, quatro filhas, o médico da família imperial, um servo pessoal, a camareira da imperatriz e o cozinheiro da família foram executados no porão da Casa Ipatiev em Ekaterinburgo pelos bolcheviques na madrugada de 17 de julho de 1918. A chacina foi ordenada de Moscou por Lenin, com apoio de Yakov Sverdlov, líder bolchevique. Mais tarde, czar, czarina e seus filhos foram canonizados como neo- -mártires por grupos ligados à Igreja Ortodoxa Russa no exílio
- **Czarina Catarina II** – Fundadora de Odessa, reinou de 1762 a 1796
- **Félix Dzierzynski**, apelidado de Félix de Ferro – Fundador da Cheka, a primeira polícia secreta bolchevique
- **Grigori Zinoviev**, nascido Ovsei-Gershen Aarónovich Apfelbaum - Revolucionário bolchevique
- **Iacov Sverdlov** - Revolucionário e Presidente do Comitê Executivo Central Bolchevique
- **Joseph Stalin** – Secretário-geral do Comitê Central bolchevique
- **Lenin,** nascido Vladimir Ilyich Ulyanov– líder do Partido Bolchevique

- **Leon Trotsky**, nascido Lev Davidovich Bronstein - Revolucionário bolchevique, organizador do Exército Vermelho.
- **Lev Borisovich Kamenev** – Revolucionário bolchevique
- **Lidiya Fotiyeva** – Secretária pessoal de Lenin.
- **Moisei Uritzky**, nascido Moisei Solomonovitch Uritski – Chefe da Cheka de Petrogrado.
- **Nadezhda Krupskaya** – Revolucionária bolchevique e pedagoga russa, casada com Lenin. Integrou o Comissariado do Povo de Instrução Pública.
- **Rabino Iacov Mazé** – Rabino Chefe de Moscou, pioneiro sionista e ativista na revitalização da língua hebraica.
- **Simon Petliura** – Político ucraniano, foi presidente da Ucrânia. Conhecido como o "Hetman Supremo". Responsável por inúmeros pogroms contra judeus e massacres contra simpatizantes do Partido Bolchevique. Exilou-se em Paris onde foi assassinado por Shlomo Schwartzbard que teve parte de sua família exterminada nos pogroms conduzidos por Petliura. Schwartzbard foi julgado em um tribunal francês, assumiu a premeditação do atentado e foi, ainda assim, absolvido. O tribunal fundamentou a absolvição na prova que foi feita sobre a ação genocida de Petliura.
- **Vladimir Bonch-Bruevich** – Chefe de operações de segurança do governo bolchevique. Foi secretário pessoal de Lenin.
- **Vladimir Ilyich Ulyanov - Lenin** – líder do Partido Bolchevique

Glossário

- **Chalá** – Pão trançado feito especialmente para o *Shabat*.
- **D´us** – Uma das formas usadas para se referir a Deus sem citar seu nome completo. No Judaísmo não se escreve o nome de Deus em respeito ao terceiro mandamento, pelo qual Deus ordena que Seu nome não seja invocado em vão.
- **Datcha** - Nome russo para fazenda, casa de campo ou mansão para ser usada no verão e primavera.
- **Dubroye Utro** – Bom dia em russo.
- **Honek Leiker** – Bolo de mel feito especialmente para o Ano Novo Judaico.
- **Kadish** – Nome dado à prece dita regularmente nas rezas cotidianas e em enterros em memória aos entes falecidos, onde se dá ênfase à glorificação e santificação do nome de Deus. Geralmente é realizado pelos filhos ou parentes próximos do falecido.
- **Khchort** – Diabo em russo, uma exclamação.
- **Knut** - Correia tripla, com bolas de chumbo nas pontas
- **Laissez-passer** - Expressão francesa, que ao pé da letra significa "deixe passar", dá o nome ao documento de viagem expedido pelo governo de um Estado ou por uma organização internacional, um salvo-conduto que autoriza trânsito livre.

Bela de Odessa

- **Meidele** – termo carinhoso para "menininha".
- **Oi vei** ou **Oi veis mir** - Expressão em ídiche que expressa desânimo ou exasperação. A expressão pode ser traduzida como "Oh, não!", "Oh, céus!"
- **Paiki** – Ração de comida distribuída aos trabalhadores durante a Revolução Russa. O conteúdo variava de acordo com a classe.
- **Pekele** – Farnel de comida.
- **Petrogrado** – Em 1914, o nome da cidade de São Petersburgo foi mudado para Petrogrado até 1924, quando voltou a se chamar São Petersburgo.
- **Shabat** (em hebraico) ou **Shabes** (em ídiche) – Sétimo dia da semana e começa ao entardecer. Duas velas do Shabat são acessas pela mulher judia ao pôr do sol para marcar o início do dia do descanso no judaísmo, que separa o mundano do sagrado. Uma benção especial é recitada agradecendo a D´us pelo presente deste preceito, que tem iluminado gerações há milênios.
- **Shtetl** – Denominação ídiche para cidadezinha, povoados ou bairros de cidade com uma população predominantemente judaica, principalmente na Europa oriental até antes da 2ª. Guerra Mundial. Especificamente Polônia, Rússia e Bielorrússia.
- **Spasiba** – Obrigada, em russo.
- **Tante** – Tia, em ídiche.
- **Tate** - Papai, em ídiche.
- **Zeide** – Vovô, em ídiche.
- **Zhid** (masculino) –Pejorativo para judeu, em russo.
- **Zhidovka** (feminino) – Pejorativo para judia, em russo.
- **Zhidove** (plural) – Pejorativo para judeus, em russo.
- **Zisse Tochter** – Doce filhinha.

Árvore Genealógica
Beile Sadowik // Bela Rozental

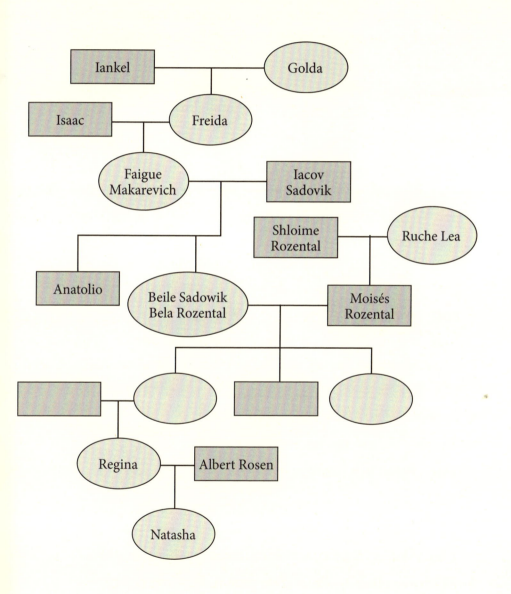

Árvore Genealógica
Mischka Sumbulovich // Michael Cohen

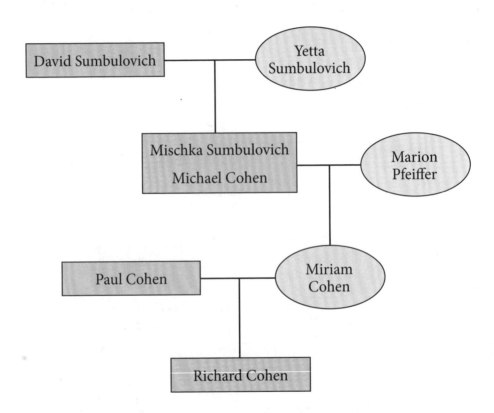